HEYNE <

Grégoire Delacourt

Im ersten Augenblick

Roman

Aus dem Französischen
von Claudia Steinitz

WILHELM HEYNE VERLAG
MÜNCHEN

Die Originalausgabe LA PREMIÈRE CHOSE QU'ON REGARDE erschien bei Éditions JC Lattès, Paris

FSC
www.fsc.org
MIX
Papier aus verantwortungsvollen Quellen
FSC® C014496

Verlagsgruppe Random House FSC® N001967
Das für dieses Buch verwendete FSC®-zertifizierte Papier *Salzer Alpin* wird produziert von UPM, Schongau und geliefert von Salzer Papier, St. Pölten, Austria.

Vollständige deutsche Erstausgabe 08/2015

Printed in Germany 2015
Umschlaggestaltung: © Nele Schütz Design unter Verwendung von Thinkstock/iStock/Liv Friis-Larsen
Druck und Bindung: GGP Media GmbH, Pößneck
ISBN: 978-3-453-41869-1

www.heyne.de

Für Faustine, Blanche
Grâce und Maximilien

Can you see the real me preacher?
Can you see the real me doctor?
Can you see the real me mother?
Can you see the real me?

Quadrophenia
Pete Townshend, The Who

Arthur Dreyfuss liebte große Brüste.

Er hatte sich sogar gefragt, ob er, wäre er zufällig ein Mädchen geworden, große oder kleine gehabt hätte, denn die Brust seiner Mutter war ebenso flach gewesen wie die seiner Großmutter ausladend, zumindest in der Erinnerung an erstickende Umarmungen.

Er fand, ein ordentlicher Busen nötige zu einem ganz besonderen, weiblichen Gang, und gerade die Anmut dieser Gestalten in unsicherem Gleichgewicht bezauberte ihn, überwältigte ihn oft geradezu. Ava Gardner in *Die barfüßige Gräfin*, Jessica Rabbit in *Falsches Spiel mit Roger Rabbit*. Und viele andere. Diese Bilder ließen ihn selig erröten. Der Busen beeindruckte, verlangte nach Stille, erzwang Respekt. Es gab keinen Mann auf Erden, der bei seinem Anblick nicht wieder zum kleinen Jungen wurde.

Dafür würden sie alle sterben.

Solche Vorzüge waren Arthur Dreyfuss zwar noch nie unter die Finger gekommen, aber er hatte sie in unzähligen Versionen in alten, zerfledderten, bei PP ausgegrabenen Ausgaben von *L'Homme moderne* betrachtet. Und im Internet.

In echt gab es die von Madame Rigautmalolepszy, die er erblickte, wenn sie im Frühling aus ihren Blusen quollen: zwei glänzende Melonen, so hell jedoch, dass sich blassgrüne, fiebrig pulsierende Bächlein darauf abzeichneten, die plötzlich in Aufruhr gerieten, wenn sie schneller lief, um den Autobus zu erwischen, der zweimal am Tag in der Grand Rue (einer kleine Straße, in der am 1. September 1944 ein Schotte, ein gewisser Haywood, für die Befreiung der Gemeinde gefallen war) anhielt, oder wenn ihr scheußlicher rothaariger Kläffer sie aufgeregt zu einem Kothaufen zerrte.

In der neunten Klasse hatte der junge Arthur Dreyfuss aus Zuneigung für diese Leibesfrüchte die Nähe einer gewissen Nadège Lepetit gesucht, die, obwohl recht unattraktiv, gegenüber der bezaubernden Joëlle Ringuet, Trägerin einer platten 80A, den Vorzug einer üppigen 85C genoss. Das war eine schlechte Wahl. Die Unattraktive hütete ihre Halbmelonen eifersüchtig und verbot allen Naschhaften, sich ihnen zu nähern: Die dreizehnjährige rundliche Obstauslage war sich ihrer Trümpfe wohl bewusst und wollte überzeugt werden, dass man sie um ihrer selbst willen liebte, aber der gleichaltrige Arthur Dreyfuss verstand sich nicht besonders auf höfliche, poetische und trügerische Worte. Er hatte nie Rimbaud gelesen und auch die honigsüßen Worte der Lieder von Francis Cabrel oder die noch älteren eines gewissen C. Jérôme nicht behalten (Beispiel: *Nein, gib mich nicht auf, sondern gib dich mir hin*).

Als er erfuhr, dass Alain Rogier, sein damaliger Freund, die bescheidenen Äpfel der bezaubernden Joëlle Ringuet unter den Fingerspitzen, dann an den Lippen und schließlich ganz und gar im Mund gehabt hatte, glaubte er, verrückt zu werden, und fragte sich, ob er seine Busenerwartungen nicht drastisch korrigieren solle. Nach unten.

Mit siebzehn fuhr er mit dem stolzen Alain Roger nach

Albert (drittgrößte Stadt des Departements Somme), um mit seinem ersten Lohn einen draufzumachen. Er wählte eine Straßennutte mit großzügig ausgestattetem Balkon, um seine Unschuld zu verlieren und den Taumel zu erleben, aber seine Ungeduld war so groß, dass er auf der Stelle seine Baumwollhose benetzte. Er entfloh ruiniert und voller Scham, ohne auch nur die Gelegenheit gehabt zu haben, so, wie er es sich tausendfach geschworen hatte, die opalgleichen Schätze zu liebkosen, zu betasten, zu küssen, zu zerfetzen. Und dann zu sterben.

Dieses Ungeschick dämpfte seine Inbrunst. Rückte die Dinge wieder an ihren Platz. Er las zwei Liebesromane der Amerikanerin Karen Dennis, in denen er entdeckte, dass das Verlangen manchmal aus einem Lächeln, einem Duft oder sogar einem bloßen Blick entsteht; das erlebte er sechs Monate später bei Dédé la Frite, dem Bar-Tabak-Anglerbedarf-Lotto-Zeitungsladen des Dorfes. Die Angler interessierten sich vor allem für die Bar: Das rote Jupiler-Schild war ihr Morgenstern in der endlosen und eisigen Winterdämmerung und zog die Raucher an, denn hier war das Gesetz von 2006 außer Kraft gesetzt.

Bei Dédé la Frite geschah etwas ganz Einfaches: Als die neue Serviererin ihn fragte, was er wolle, hob Arthur Dreyfuss seinen Blick bis zu ihren Augen. Er fand sie verwirrend, regengrau; er mochte den Klang ihrer Stimme, ihr Lächeln, ihr rosiges Zahnfleisch, ihre weißen Zähne, ihr Parfum, all die hübschen, von Karen Dennis beschriebenen Kleinigkeiten. Er vergaß, ihre Brust anzuschauen, und zum ersten Mal fand er es völlig unwichtig, ob sie unauffällig oder appetitlich war. Ebene oder Hügel.

Da hatte er eine Offenbarung. Es gab nicht nur Brüste im Leben. Die die Anmut einer Frau ausmachten.

Er war zum ersten Mal verliebt. Und hatte seine erste aurikulare Extrasystole – eine Art Herzrhythmusstörung.

Aber mehr als das passierte nicht zwischen ihm und der neuen Serviererin, weil man eine Liebesgeschichte nicht am Ende anfangen kann, und vor allem, weil die Serviererin mit den regengrauen Augen einen Liebsten hatte. Einen Fernfahrer, der nach Belgien und Holland fuhr, ein breitschultriger, stämmiger Kerl mit kleinen zupackenden Händen, untersetzt, mit ernstzunehmendem Bizeps, auf den der Vorname der Angebeteten tätowiert war: Éloïse; ein Eifersüchtiger, einer mit Besitzanspruch. Arthur Dreyfuss kannte von Karate und anderen Fernöstlichkeiten nur die Lehren des blinden Meisters in *Kung Fu* (des unvergesslichen Meister Po) und den wilden Schrei von Pierre Richard in *Der große Blonde kehrt zurück* (Regie: Yves Robert). Deshalb zog er es vor, die Poesie von Éloïses Gesicht, das feuchte Grau ihrer Augen, das Rosa ihres Zahnfleischs zu vergessen, er trank morgens nicht mehr seinen Kaffee bei ihr und hörte sogar auf zu rauchen, um das Risiko zu vermeiden, den eifersüchtigen Fernfahrer zu treffen.

Zusammengefasst erklärt dieses erste Kapitel, warum ein gedrungener, misstrauischer Fernfahrer, die kleine Gemeinde Long, 687 Einwohner, *Longiniens* genannt, gelegen im Departement Somme (mit seinem Schloss aus dem 13. Jahrhundert, seinem Kirchturm – *sic* –, seinen Johannisfeuern, seiner Cavaillé-Coll-Orgel und seinen von ein paar aus der Camargue importierten Pferden ökologisch gepflegten Sümpfen) sowie der Beruf eines Automechanikers, der die Finger fettig und schwarz macht, schuld daran sind, dass Arthur Dreyfuss, zwanzig Jahre alt, obwohl ein hübscher Junge – laut Éloïse sah er aus wie Ryan Gosling, *nur besser* –, allein in einem kleinen, einzeln stehenden Häuschen am Ortsausgang, an der Landstraße D32 Richtung Ailly-le-Haut-Clocher wohnte.

Für jene, die Ryan Gosling nicht kennen, das ist ein kanadischer Schauspieler, geboren am 12. November 1980, der 2011, ein Jahr nach dieser Geschichte, mit dem wunderbaren und tiefschwarzen Film *Drive* von Nicolas Winding Refn weltweiten Erfolg hatte.

Aber das ist unwichtig.

An dem Tag, wo dieses Buch beginnt, klopfte es an seiner Tür.

Arthur Dreyfuss sah gerade eine Folge von *Die Sopranos* (Staffel 3, Folge 7: »Onkel Junior wird wegen seines Magenkrebs operiert«). Er zuckte zusammen. Rief: Wer ist da? Es klopfte erneut. Also ging er aufmachen. Und traute seinen Augen nicht.

Vor ihm stand Scarlett Johansson.

Abgesehen von einem ordentlichen Besäufnis bei der dritten Hochzeit von Pascal Payen, genannt PP, seinem Chef – ein Gelage, das ihn, nebenbei bemerkt, in eine solche Betäubung versetzte, dass er zwei Tage lang eine Wassermelone auf den Schultern trug –, trank Arthur Dreyfuss nicht. Vielleicht abends mal ein Kro, ab und zu, vor einer Fernsehserie.

Die halluzinatorische Vision von Scarlett Johansson auf der Schwelle seiner Tür ließ sich also nicht den üblen Folgen des Alkohols zuschreiben.

Nein.

Arthur Dreyfuss hatte bis dahin ein normales Leben geführt. Um es schnell abzuhaken, bevor wir zu der umwerfenden Schauspielerin zurückkehren: Geburt 1990 (das Jahr, in dem der Roman *Jurassic Park* erscheint und Tom Cruise und Nicole Kidman ihre rührende zweite Liebesheirat feiern) in der Geburtsklinik Camille-Desmoulins in Amiens, Departementshauptstadt und Hauptstadt der Picardie; Sohn von Dreyfuss, Louis-Ferdinand und Lecardonnel, Thérèse Marie Françoise.

Einzelkind bis 1994, als Noiya Dreyfuss geboren wird. Noiya bedeutet *Schönheit Gottes*.

Und erneut Einzelkind ab 1996, als Inke, der kräftige Dobermann eines Nachbarn, die *Schönheit Gottes* mit der Verlockung seines Futters verwechselt. Das Gesicht und die rechte Hand der Kleinen werden verschlungen, kommen auf der anderen Seite als Kot des *canis lupus familiaris* wieder heraus und bleiben im milden Schatten des Hinterrads eines großen Renault Scénic liegen. Die ganze Gemeinde unterstützt die verzweifelte Familie. Der kleine Arthur Dreyfuss weint nicht, weil seine Tränen auch die der Mutter zum Fließen bringen, sie entsetzliche Dinge über die Welt, die vermeintliche Schönheit der Dinge und die unsägliche Grausamkeit Gottes sagen lassen. Das erneute Einzelkind behält seinen Schmerz für sich, wie Murmeln in der Tiefe einer Hosentasche; Glassplitter.

Man hat Mitleid, man wischt sich die Hände an seinen Haaren ab, man tuschelt *der Arme* oder *der arme Junge* oder *das ist hart für den Kleinen*. Es ist eine gleichzeitig traurige und fröhliche Zeit. Bei den Dreyfuss isst man viel Dattelpralinen, Baklava und Baba Ganoush, und, um der pikardischen Seite der Familie gerecht zu werden, Käseküchlein, Charlotte mit Kaffee und Zichorie; der Zucker lässt den Schmerz wachsen und schmelzen.

Die amputierte Familie zieht um, lässt sich in der kleinen Gemeinde Saint-Saëns (Departement Seine-Maritime) nieder, am Fuße des Staatsforstes von Eawy, *ö-ah-wi* ausgesprochen, wo Louis-Ferdinand Förster wird. Manchmal kommt er abends mit Fasanen, Rothühnern und Kaninchen zurück, die die pikardische Gattin in Pasteten, Filets oder Ragouts verwandelt. Einmal bringt er einen toten Fuchs mit, um daraus einen Pelzmuff zu machen (der Winter naht), aber Thérèse brüllt totenbleich, dass sie nie, gewiss nie mehr die Hände in eine Leiche stecken werde.

Eines Morgens, wie jeden Morgen, bricht der Wilderer auf, seinen Beutel und ein paar Fallen über der Schulter.

Auf der Schwelle sagt er, wie jeden Morgen: *Bis heute Abend!* Aber an diesem Abend wird er nicht mehr gesehen und auch an keinem anderen. Die herbeigerufenen Gendarmen brechen die Suche nach zehn Tagen ab; sind Sie sicher, dass er keine kleine Freundin in der Stadt hatte, eine Jüngere? Wegen so was verschwinden die Männer oft: Das Würstchen juckt, unbezwingbare Naschhaftigkeit, das Bedürfnis, sich lebendig zu fühlen, so was gibt es oft. Keine Spur, kein Fußabdruck, keine Leiche. Thérèse verliert daraufhin rasch das bisschen Lebensfreude, das ihr noch geblieben ist, und tröstet sich mit Martini, erst abends, zu der Zeit, wenn der Förster nach Hause kam, dann immer früher, bis sie in der frühmorgendlichen Stunde beginnt, wenn er aufbrach. Der Wermut (18% vol) verschafft ihr zunächst viel geistige Nahrung (Arthur Dreyfuss wird mit stummer Wehmut daran zurückdenken), dann allmählich ein immer schlimmeres Delirium, in dem sie wie in Sakis *The open window* zu den unpassendsten Zeiten das Gespenst des Försters auftauchen sieht. Und andere Gespenster.

Einen fleischfressenden Vierbeiner.

Eine amerikanische Schauspielerin, die Kleopatra spielte.

Fleisch um die Unterarme.

Lider voller Staub.

Arthur Dreyfuss weint manchmal abends in seinem Zimmer, wenn er die traurige und raue Stimme von Edith Piaf in der Küche hört und die Finsternis der Mutter ahnt. Er traut sich nicht, ihr zu sagen, dass er Angst hat, sie auch noch zu verlieren, Angst, allein zu bleiben. Er kann ihr nicht sagen, dass er sie lieb hat, das ist so schwierig.

In der Schule ist Arthur Dreyfuss im Mittelfeld. Er ist ein umgänglicher Kamerad. Unschlagbar beim Knöchelchenspiel, das eine Zeit lang wieder in Mode kommt. Die Mädchen haben ihn gern, er wird zum zweitniedlichsten Jungen der Klasse gewählt; der Champion ist ein großer Düsterer, ein Grufti mit durchsichtiger Haut, vielfach durchbohrten, wie perforierten Ohren, einer tätowierten Kette um den Hals (die Zeichnung einer geflochtenen Schnur, gestochen nach der alkoholgetränkten Lektüre der *Ballade der Gehenkten*) und vor allem ein Dichter; verschämte Reime, nebulöser Klang, idiotische Worte. Beispiel: *Leben heißt* mo*dern, sterben ist mo*dern. Die Mädchen lieben das.

Arthurs einzige bekannte Schwäche zeigt sich beim Sportunterricht: Als er eines Tages eine gewisse Liane Le Goff, 80E (schwindelerregende Körbchengröße, Jayne Mansfield, Christina Hendricks) über das Pferd springen sieht, fällt er in Ohnmacht.

Sein Supraorbitalknochen knallt auf den Metallhuf des Pferdes, die Haut reißt, eine Bluttträne quillt hervor. Er wird elegant genäht und bewahrt seither unter der Braue eine diskrete Erinnerung an den wunderbaren Taumel.

Er hat nichts gegen lesen, ganz im Gegenteil; er sieht gern Filme – vor allem Serien, weil man Zeit hat, Bindungen zu entwickeln, die Figuren zu mögen, eine kleine Familie – er nimmt auch gern alles auseinander (und setzt zusammen), was einen Motor oder eine Mechanik hat. Also gibt man ihm Texte über Motoren und Mechanik zu lesen. Die Schule findet für ihn einen Ausbildungsplatz bei Pascal Payen, genannt PP, typenoffener Autoschlosser in Long, wo er eines Tages ein

Buch mit Gedichten und einen wunderbaren Beruf entdecken wird, bei dem man fettige und schwarze Finger bekommt und der die Damen, denen er aus der Patsche hilft, sagen lässt: Du bist ein Genie, mein Schatz, und obendrein ein hübscher Junge, und die Herren, denen er aus der Patsche hilft: Mach hin, mein Junge, ich hab noch was anderes zu tun; ein Beruf der ihm ziemlich schnell genug einbringt, um auf Kredit ein Häuschen zu kaufen (zwei Etagen, 67 Quadratmeter), am Ortsausgang, an der D32, die nach Ailly-le-Haut-Clocher führt, wo an Tagen mit viel Wind der Duft warmer Croissants und Brioches mit braunem Zucker aus der Bäckerei Leguiff das Land überzieht – aber an dem tragischen Morgen wird kein Wind wehen –, ein Häuschen, an dessen Tür eines Tages Scarlett Johansson klopfen wird.

Da ist sie wieder, endlich.

Scarlett Johansson sah erschöpft aus.

Ihr Haar von undefinierbarer Farbe war zerzaust. Es fiel herab, floss schwer, wie in Zeitlupe. Ihr fleischiger Mund trug nicht den berühmten Lipgloss. Die Wimperntusche war unter ihre Augen gerutscht wie ein Kohlestrich und zeichnete ihnen düstere Ringe. Und zu Arthurs großem Unglück trug sie einen weiten Pullover. Einen Pullover wie ein Sack, eine Ungerechtigkeit: Er offenbarte nichts von den Formen der Schauspielerin, die bekanntlich höchst bezaubernd sind, einen geradezu verhexen.

Sie trug eine Vuitton-Tasche in grellen Farben über dem Unterarm, die wie eine Fälschung aussah.

Arthur Dreyfuss war in seinem Lieblingsfernsehaufzug: weißes Unterhemd und Schlumpf-Boxershorts; weit entfernt davon, wie Ryan Gosling auszusehen, *nur besser*. Obwohl.

Aber in der Sekunde, als sie sich ansahen, lächelten sie.

Fanden sie sich schön? Beruhigend? Hatte er, als es an der Tür klopfte, mit einem Notfall gerechnet, einer kaputten Zylinderkopfdichtung, einem Problem mit dem Durchflussmesser? Hatte sie, als man ihr die Tür öffnete, mit einem Perversen gerechnet, einer Warzenhexe, einem alten Kindergesicht? Fest steht, dass diese beiden, der eine so unwahrscheinlich wie die andere, sich zulächelten wie einer schönen Überraschung, und dem trockenen Mund von Arthur Dreyfuss, den der zweite Liebesblitz traf (feuchte Hände, Herzjagen, Schweißperlen, kleine eisige Skalpelle im Rücken, dicke, klebende Zunge), seinem Mund entschlüpfte ein unbekanntes Wort.

Comine.

(Für anspruchsvolle Linguisten und andere Amateurgeographen unter den Lesern ist zu präzisieren, dass es tatsächlich eine Stadt namens Comines gibt, sie befindet sich im Kanton Quesnoy-sur-Deûle, im Norden, nahe der belgischen Grenze – vermutlich eine kleine, recht lethargische Stadt, in der es nicht weniger als fünf Festkomitees gibt, die sie aufzurütteln versuchen –, aber sie hat mit dieser Geschichte nichts zu tun.)

Instinktiv erschien Arthurs schüchternes *comine* ihm in der Sekunde, da er Scarlett Johansson auf seiner Türschwelle entdeckte, das Vernünftigste, das Höflichste, das Netteste, was er sagen konnte; den Untertiteln zufolge, die ihn bei den Serien begleiten, die er in OmU sieht, bedeutet es *Kommen Sie herein*.

Und welcher Mann auf der Welt, selbst in Unterhemd und Schlumpf-Boxershorts, hätte zu der phänomenalen Schauspielerin aus *Lost in Translation* nicht *Kommen Sie herein* gesagt?

Die phänomenale Schauspielerin hauchte *Thank you*, ließ beim *th* die rosa Spitze ihrer Zunge zwischen den Lippen auftauchen und kam herein.

Als er mit feuchten Händen und einer erneuten aurikularen Extrasystole – ja, er würde sterben, ja, jetzt *konnte* er sterben – leise die Tür schloss, sah er flüchtig nach draußen, ob dort Kameras und/oder Bodyguards und/oder eine gemeine Fernsehfalle lauerten, dann schloss er die Tür ab, so wenig beruhigt, wie er war.

Zwei Jahre zuvor hatte die Gendarmerie bei PP die Karosse eines Peugeot 406 zur Begutachtung abgeladen, den auf der D112 in Höhe von Coquerel (2,42 km Luftlinie von Long entfernt) ein Fünftonner überrollt hatte.

Es war nachts passiert.

Der Fahrer war gerast, hatte offenbar die Kontrolle verloren, getäuscht von der trügerischen Feuchtigkeit, die wie eine nasse durchsichtige Alge auf dem unebenen Asphalt der Landstraße lag, die an den Étangs des Provisions entlangführte. Die beiden Autoinsassen waren auf der Stelle tot. Die Feuerwehrleute mussten dem Mann die Beine abschneiden, um ihn aus dem Fahrzeug zu ziehen. Das Gesicht der Beifahrerin war an der Windschutzscheibe zerquetscht worden, und in den sternförmigen Rissen waren eine blonde Haarlocke und ein Blutstropfen hängengeblieben. Arthur Dreyfuss hatte auf Verlangen von PP das Innere des Wracks untersucht und unter dem Beifahrersitz ein Buch mit Gedichten gefunden. Er hatte es sofort, geradezu reflexartig, in einer der großen Taschen seiner Latzhose verschwinden lassen. Was hatte ein Gedichtband in einem Auto zu suchen, in dem gerade zwei Menschen gestorben waren? Hatte sie ihm ein Gedicht vorgelesen, als das Auto plattgemacht wurde? Wer waren sie? Trennten sie sich? Fanden sie sich wieder? Hatten sie beschlossen, zusammen Schluss zu machen?

Am selben Abend hatte er allein in seinem kleinen Haus das Buch aufgeschlagen. Seine Finger zitterten etwas. Das Buch trug den Titel *Exister*, und der Autor war ein gewisser Jean Follain. Viel Weiß auf jeder Seite und in der Mitte kurze Zeilen, kleine, vom Pflugschar der Buchstaben gezogene Furchen. Er las einfache Wörter, die sehr tiefe Dinge zu beschreiben schienen; wie diese, die ihn an seinen Vater erinnerten:

Und unter seinem starken Arm
Ohne einen Blick für die Bäume
Hielt er unverrückbar
Die Gestalten der ganzen Welt.

Und diese sprachen von Noiya und ihrer Mutter:

Und hier dann die, die jung gestorben
Und die, die einsam bleibt zurück.

Es gab kein Wort, das er nicht verstand, aber die Anordnung der Wörter begeisterte ihn in höchstem Maße. Er hatte plötzlich das vage Gefühl, dass Wörter, die er kannte, auf bestimmte Weise aufgereiht imstande waren, die Wahrnehmung der Welt zu ändern. Die Schlichtheit zu veredeln.

Er genoss andere wunderbare Zusammensetzungen von Wörtern auf den folgenden Seiten, in den folgenden Monaten, und dachte, sie seien Geschenke, um das Außergewöhnliche zu zähmen, falls es zufällig eines Tages an deine Tür klopfen sollte.

Wie an jenem Mittwoch, dem 15. September 2010, um 19.47 Uhr, als die überwältigende Scarlett Johansson, amerikanische Schauspielerin, geboren am 22. November 1984 in New York, plötzlich vor dir steht, Arthur Dreyfuss, fassungsloser französischer Autoschlosser aus Long, geboren 1990.

Wie war das möglich?

Warum fielen ihm keine poetischen Worte ein? Warum lähmen die Träume, wenn sie wahr werden? Warum war das Erste, was Arthur Dreyfuss zu fragen imstande war, ob sie Französisch spreche? Weil mir nämlich, fügte er langsam, errötend und auf Französisch hinzu, Englisch total Spanisch vorkommt.

Scarlett hob anmutig den Kopf und antwortete fast akzentfrei oder mit einer ganz subtilen Spur, köstlich wie eine Ladurée-Delikatesse, einem Akzent an der Schnittstelle von Romy Schneider und Jane Birkin: Ja, ich spreche Französisch, wie meine Freundin Jodie.

Jodie Foster!, rief ein zutiefst beeindruckter Arthur Dreyfuss, Sie kennen Jodie Foster!, aber dann zuckte er mit den Schultern und murmelte wie zu sich selbst, natürlich, natürlich, ich bin ja blöd; denn bei derartigen Begegnungen, ganz am Anfang, siegt die Intelligenz nur sehr selten über die Fassungslosigkeit.

Aber Frauen haben die Begabung, Männern mit Nachsicht zu begegnen, sie wieder aufzurichten, ihnen ihre Selbstsicherheit zurückzugeben.

Scarlett Johansson lächelte ihn an, dann zog sie mit einem leisen Seufzer ihren weiten, handgestrickten Pullover mit Muschelmuster aus, voller Anmut, genauso wie Grace Kelly in *Fenster zum Hof*, als sie ihr Musselinnachthemd aus der winzigen Handtasche zieht.

Es ist schön warm bei Ihnen, hauchte die Schauspielerin. Das Herz des Autoschlossers raste erneut. Obwohl nur sehr leicht bekleidet, begann er plötzlich selbst zu schwitzen. Er schloss einen Augenblick die Augen, wie von Schwindel übermannt, ebenso sanft wie beängstigend; seine Mutter, die nackt durch die Küche tanzte. Als er sie wieder öffnete, trug die New Yorkerin ein kleines, enges, perlweißes, seidiges Bustier mit Spitzenträgern, das ihren Busen wie ein Handschuh umschloss (er schlug die nackten Beine übereinander, unterdrückte eine beginnende Erektion), außerdem zeichnete sich darunter, und das schockierte den Autoschlosser geradezu und rührte ihn, eine kleine Wulst in Höhe des Nabels ab; ein kleiner Kupferring, wie ein gut genährter Donut.

Es ist schön warm bei Ihnen, hauchte die Schauspielerin.

Ja, ja, stammelte Arthur Dreyfuss und bedauerte plötzlich die Abwesenheit guter Dialogautoren im wahren Leben; ein männlicher Monolog von Michel Audiard, ein paar kraftvolle Repliken von Henri Jeanson.

Dann sahen sie sich erneut an; er etwas blass, zu dunkelrot wechselnd; sie mit furchterregend rosigem Teint, eine kleine perfekte Barbie. Sie husteten im selben Moment und im selben Moment begannen beide zu reden.

Bitte schön, sagte er.

Nein, Sie zuerst, sagte sie.

Er hustete noch ein bisschen, um Zeit zu gewinnen, seine Worte zu sammeln, sie dann zu einem hübschen Satz zu sortieren, wie der Dichter. Aber seine Autoschlosserseele trug den Sieg davon. Sie … Soll ich Sie abschleppen?, fragte er. Scarlett Johansson lachte. Mein Gott, wie schön ihr Lachen ist, dachte er, und ihre weißen Zähne.

Nein, nicht nötig, antwortete sie.

Weil, ich arbeite in einer Werkstatt und ich … schleppe die Leute ab.

I didn't know, sagte sie.

Das heißt, die Autos, haspelte er, ich meine, Autos, die eine Panne haben.

Ich habe kein Auto, sagte sie, nicht hier. Ich bin mit dem Bus gekommen. Drüben, in Los Angeles, habe ich einen *hybrid* wie alle, aber der hat nie eine Panne, weil er gar keinen richtigen Motor hat.

Dann raffte der Sohn des schweigsamen Vaters, des Vaters, dessen Körper verschwunden war, seine wachsenden Manneskräfte zusammen, stand auf und sagte mit einer Stimme, die kaum zitterte: Was machen Sie hier, Scarlett? Pardon. Ich meine: Madame Johansson.

Kurze Auffrischung.

Die Trägerin des Titels »Schönster Busen Hollywoods« der amerikanischen Fernsehshow *Access Hollywood* (für Neugierige und Liebhaber: Salma Hayek wurde zweite, Halle Berry dritte, Jessica Simpson vierte und Jennifer Love Hewitt fünfte) hatte von 2004 bis 2006 eine *love story* und tantrischen Sex mit dem Schauspieler Josh Hartnett.

Dann traf sie 2007 in einem New Yorker Kino Ryan Reynolds.

Die Idylle begann.

Zum einunddreißigsten Geburtstag ihres neuen Liebsten schenkte ihm Scarlett Johansson (damals dreiundzwanzig) den Weisheitszahn, der ihm gezogen worden war, nicht ohne ihn vorher in Gold getaucht zu haben, sodass er ihn als Anhänger tragen konnte; das war schick und *trendy*, viel besser als ein Haifischzahn. Wer annimmt, so ein Geschenk könne die Eleganz einer aufkeimenden Liebe mindern, muss sich eines Besseren belehren lassen: Im Mai 2008 verlobten sich die beiden Turteltauben zum großen Ärger von Scarletts Mama, Melanie. Hatte die Schauspielerin nicht im Januar 2008 bei allen Göttern geschworen, dass sie noch nicht reif für die Ehe sei? »*I am not ready for the Big Day.*« Egal. Im September 2008 heiratete der Kanadier die Amerikanerin in Vancouver. Das Paar erlebte die vollkommene

Liebe, und auch wenn das siebente Jahr das verflixte ist, hatte die Liebe bei diesem Paar schon lange vorher einen Knacks.

Ich konnte nicht mehr, fuhr Scarlett Johansson fort, während Arthur Dreyfuss, nach dem er ihr zwei Tassen Ricoré serviert hatte, zum Kro übergegangen war; ich konnte nicht mehr, wiederholte sie, ich brauchte etwas frische Luft, also bin ich ohne meinen Mann zum Festival von Deauville gekommen.

Aber Deauville ist 180 Kilometer weit weg!, unterbrach sie Arthur Dreyfuss irritiert.

Ich weiß, aber als ich in Deauville ankam, packte mich die Angst, gestand sie mit plötzlich viel tieferer Stimme. Ich wollte nicht schon wieder unter den *Spotlights* stehen (sie sprach *Spotlights* aus, wie man ein Bonbon lutscht; ein Speichelbläschen, das auf der Lippe platzt), außerdem hatte ich keinen Film im Wettbewerb. Ich bin in einen Bus gestiegen, ich wollte inkognito nach Le Touquet fahren, in einem kleinen Hotel absteigen und Schluss.

Was Schluss?

Schluss. Hier bin ich.

Aber Sie sind nicht in Le Touquet, hier ist Long; hier gibt es Teiche, Schwimmwanzen, die nachts über dem Wasser tanzen, das Schreien der Tiere, Eulenrufe, aber kein Meer.

You're so cute.

Scarlett Johansson war soeben, im September 2010 durchgebrannt, weil ihre Beziehung einen Knacks hatte. (Drei Monate später reichte sie die Scheidung ein, ging daraufhin eine nicht sehr leidenschaftliche Pariser Affäre mit Kieran Culkin ein – ja, dem Bruder des unerträglichen Bengels, der das Flugzeug verpasst hatte –, es folgte eine Blitzaffäre mit Jonathan Rhys Meyers und eine dritte ruchbar gewordene mit Sean Penn, der nach Madonna, Susan Sarandon, Robin Wright, Elizabeth McGovern, Brigitte Nielsen, Elle Macpherson, Jewel Kilcher usw. kurzzeitig verfügbar war.)

Scarlett Johansson hatte die Idee gehabt, das 36. Festival des Amerikanischen Films in Deauville zu besuchen, und war im letzten Moment abgebogen.

Wie viele unglückliche Menschen, die sich verlieren wollen, damit man sie wiederfindet.

Geschichten von schlecht durchtrennten Adern, falsch dosierten Medikamenten. Alles Hilferufe, Schreie. Und am Ende ein dünnes Stimmchen, das man nicht versteht und das verklingt.

Arthur Dreyfuss, großartig in Unterhemd und Schlumpf-Boxershorts, öffnete ein neues Kro, bot es diesmal ihr an und stellte erneut seine Frage: *Was machen Sie hier, Scarlett?*

Ich will ein paar Tage verschwinden.

Draußen verschwand der Tag.

Dieses Geständnis rührte Arthur Dreyfuss.

In zwei Sekunden war seine Entscheidung getroffen. Er würde der unglücklichen Schauspielerin helfen, sie schützen, verstecken und retten. Er würde sich um den Inkognito-Star kümmern. Den hinreißenden Flüchtling aufnehmen. Er würde ein Held sein, wie im Kino, ein guter Kerl, solide und unerschütterlich, derjenige, an dessen Schultern sich die Unzugänglichen ausweinen, ihre Tragödien beichten, und in den sie sich nach tausend Umwegen verlieben.

Selbst wenn es sein Leben auf den Kopf stellen würde.

Also bot er dem *schönsten Busen Hollywoods* sein Bett an, er würde auf dem Sofa schlafen.

Er machte mit ihr eine (winzige) Hausbesichtigung. Hier, im Erdgeschoss, das Wohnzimmer und die Küche. Das Dreisitzersofa Ektorp (IKEA), es hat nur vierzig Euro mehr als der Zweisitzer gekostet, erklärte er; es war ein schöner Tag, deswegen habe ich es mit PP, meinem Chef, draußen zusammengebaut, aber als wir fertig waren, passte es mit den Armlehnen nicht durch die Tür, und PP ist ausgerastet, dann hat er die Tür ausgehängt, am Ende haben wir es mit Gewalt reingekriegt, aber dabei ist der Stoff an der Rückseite zerrissen – zum Glück sieht man das kaum; ein alter Korbstuhl, ein Tisch und viel Unordnung, schmutziges Geschirr und so weiter. Ich hatte Sie heute nicht erwartet, entschuldigte er sich lachend. Sie errötete. In der ersten Etage das Badezimmer, blassblaue Kacheln, babyblau, eine gusseiserne Badewanne, riesig, ein kleiner Ozeandampfer im gekachelten Meer. Wir übergehen das WC, die Unterhosen, die Socken; hop, hop, aufgeräumt. Hier sind zwei saubere Handtücher, ich habe noch mehr, wenn Sie brauchen; hier ist ein Waschlappen, den habe ich noch nie benutzt, aber, das soll nicht heißen, dass ich mich nicht, sie lächelt, süß, verständnisvoll, Shampoo und ein neues Stück Seife, mit Mandelöl, sehen Sie, es steht drauf. In der zweiten Etage sein Jungenzimmer, ein kleines Fenster und dahinter die hereinbrechende Nacht, der Mond, bedrohliche Pareidolien. An den Wänden: Poster von Michael Schumacher, Ayrton Senna, Denise Richards, Megan Fox (nackt), Whitney Houston; Querschnitt des V10-Motors eines Dodge Viper und des Flat Six eines Porsche 911.

Mein Foto hast du nicht?, fragte sie verschmitzt, während er die Bettwäsche wechselte.

Sie half ihm, das Bett zu machen, und diese Situation verwirrte ihn einen Augenblick, weil es keinen Mann auf der Welt gibt, der nicht eher davon träumen würde, es mit Scarlett Johansson *im* Bett zu machen. Ich weiß, an was du denkst, flüsterte sie, und das berührt mich und ich danke dir, und er lächelte sie schüchtern an, weil er nicht genau wusste, wie er dieses Flüstern interpretieren sollte.

Ehe er sie verließ, um sein Dreisitzersofa Ektorp aufzusuchen, fragte er sie, was sie gern zum Frühstück hätte (einen amerikanischen Kaffee und ein französisches Croissant, *please*), dann wünschten sie sich ganz selbstverständlich gute Nacht, und diese unerwartete Vertrautheit (Gute Nacht, *Good night*) machte ihn zwar einen Moment lang glücklich, betrübte ihn aber beim Gedanken an all das, was er, wie er ahnte, in der Unordnung seiner Kindheit verloren hatte.

Diese angenehme Zärtlichkeit; selbstlos.

Natürlich schlief Arthur Dreyfuss nicht besonders gut. Wie sollte er auch?

Du hast das Wasser im Badezimmer fließen hören. Dir vorgestellt, wie das Wasser von ihrer Hand aufgefangen wird, ihre Hand an ihrem Nacken, an ihrer Kehle; das Wasser, das über ihre Haut rinnt; die Poren, die sich fröstelnd zusammenziehen. Jetzt ist Scarlett Johansson zwei Etagen über dir, in deinem Bett, unter deiner Decke, womöglich nackt; nichts trennt euch außer neununddreißig Treppenstufen. Es gibt nicht mal ein Schloss an deiner Zimmertür. Es gibt keine Nachbarn. Niemand würde Schreie hören. Es gibt auch kein Hubschrauberdröhnen, keine riesigen schwarzen Geländewagen wie Schatten in den amerikanischen Filmen; nichts deutet auf eine Jagd nach der berühmten Flüchtenden hin, nichts auf einen Scherz. Alles ist wahr. Entsetzlich wahr.

Es gibt nichts als Stille.

Diese nächtliche Stille, beängstigend für die Dorfbewohner wegen der Nähe der Teiche, der wandernden Schatten und des Mondlichts, das auf die Lügen der Menschen herabstrahlt, und wegen der Legenden von einem verschwundenen Wilderer, womöglich von einer Bestie, einer von denen, über die Follain schrieb: *Alle Bestien ihrer Art leben in ihr.*

Es gibt nichts als die Stille.

Es gibt nichts als dein Verlangen.

Deine Angst. Deine feuchten Finger. Und deine Verständnislosigkeit, die, mit Unbehagen gemischt, an unerwarteten Zorn auf diesen Schwachsinn grenzt: Was sucht sie denn hier, das ist doch nicht möglich, nicht möglich! Es gibt die Weisheit, die sich einschleicht, sich einen Weg durch die Brutalität, durch das Chaos bahnt; du klammerst dich an irgendwas: Es ist das Fernsehen, das muss es sein, ein Streich von François Damiens, versteckte Kamera, eine neue Sendung von Ruquier, womöglich die Rückkehr von Dominique Cantien. Dumpf lauert der Wahnsinn. Das gibt es nicht, ein Traum wie ein Stern, der Wirklichkeit, der Fleisch und Blut wird. Du weißt, dass es das nicht gibt: Scarlett Johansson, die bei dir klingelt und dich anlächelt und in deinem Bett schläft. Es muss einfach eine Erklärung geben. Wie bei den Zauberern, die hübschen Frauen die Beine abschneiden, Köpfe abreißen, entbeinte Tauben lachend wieder auferstehen lassen.

Und dann vergehen die Stunden. Und du entschließt dich. Aber deine Feigheit ist stärker, kein Mann möchte sich gern eine Abfuhr erteilen lassen. Dann mischt sich der Zweifel ein (und wenn, und wenn sie nicht nein sagen würde). Schließlich gehst du leise, auf Zehenspitzen nach oben. Du vermeidest die siebente, dreizehnte, fünfzehnte, zweiundzwanzigste und dreiundzwanzigste Stufe, weil sie knarren, die achte, weil sie quiekt wie eine Maus in der Falle und weil du nicht riskieren willst, für einen Gauner gehalten zu werden. Aber plötzlich schwinden deine Befürchtungen. Du hörst sie atmen, ein zartes, ganz zartes Schnarchen, wie das Schnurren einer Katze, die sich gerade die eben erwähnte Maus einverleibt hat. Nun bist du gerührt von ihrer Schwäche. Ihrer Zerbrechlichkeit. Und einen Moment lang ist Scarlett Johansson, *das Mädchen in deinem Bett*, nicht mehr die weltbekannte Sexbombe, sondern ein schlafendes Mädchen.

Einfach nur ein schlafendes Mädchen. Einfach nur diese Schönheit.

Arthur Dreyfuss ging langsam, wie schlafwandelnd hinunter, mied die verräterischen Stufen und ließ sich auf sein Sofa fallen.

Was würdest du an meiner Stelle tun, Papa? Was würdest du tun? Sprich mit mir, sag es mir; wo bist du? Kommst du nachts manchmal zu mir, denkst du noch an mich?

Hast du uns verlassen oder hast du dich verirrt?

Am Vormittag, in PPs Autowerkstatt, musste er bei einem Clio Ölwechsel machen, bei einem 205 GTI von 1986 (ein Sammlerstück) die Ventile austauschen und den Achsabstand eines Toyota Starlet überprüfen. Starlet, bei dem Wort musste er lächeln.

Eine Werkstatt wie alle Dorfwerkstätten. Ein großes Holztor, *Station Payen* in langen, ausgewaschenen Lettern; drinnen eine Grube, eine Hebebühne, Dutzende geplatzte Reifen, Kanister mit glänzendem Öl, Dreck, fettige Werkzeuge, staubige Fingerabdrücke, an den Wänden gestapelte Kartons von Varta-Lampen; ein paar Markenschilder, Veedol, Olazur, Essolube und eine obsolete Solexinepumpe (Benzin-Öl-Gemisch). Unter einer Plane ganz hinten ein Aronde 1300 Week-End von 1956, den PP unbedingt irgendwann wieder auf Vordermann bringen wollte und an dem Tag für Tag der Rost nagte.

So wie er an den Seelen all jener nagt, die ihre Träume nicht erfüllen.

Am späteren Vormittag nutzte Arthur Dreyfuss eine kurze Probefahrt mit dem Starlet, um inkognito an seinem Haus vorbeizufahren und nachzuschauen, ob Scarlett Johansson immer noch da war. Ob er geträumt hatte. Ob Journalisten da waren. Ein Menschenauflauf. Als er die hinreißende Silhouette am Fenster seiner Küche hin- und hergehen und niemanden vor seinem Haus sah, raste sein Herz, und er war glücklich.

Gegen 13 Uhr, nachdem er ein Sandwich gegessen hatte, das ihm jemand aus dem Bar-Tabak-Anglerbedarf-Lotto-Zeitungsladen mitbrachte, den er wegen Éloïses regengrauer Augen und der dumpfen Drohung des stämmigen Fernfahrers nicht mehr betrat, fragte er PP, ob er den Computer im Büro benutzen dürfe: Ich muss was wegen dem Kompressionsrad für einen Turbo nachsehen.

Bei Google gab er »Scarlett Johansson« ein.

Am 6. September hatte sie in den USA bei einem Werbefotoshooting für Mango teilgenommen.

Am 8. September hatte man sie auf dem Flughafen von Los Angeles einchecken sehen.

Am 14. war sie in Roissy, Sonnenbrille, schwarzer Hut, schwarze Leggins, grauer Schal. Am selben Tag nahm sie in Épernay an der von Moët et Chandon organisierten Soirée *Tribute to heritage* teil; dort hatte sie ein Vuittonkleid getragen und war unter anderem neben Arjun Rampal (gut aussehender indischer Schauspieler, Hauptdarsteller in *Humko Tumse Pyaar Hai* und *Om Shanti Om*) fotografiert worden.

Dann nichts mehr.

Am Abend des 15. hatte sie bei Arthur Dreyfuss geklopft, aber das erwähnte das Internet nicht.

Dann tippte er »Deauville, Festival, Film, amerikanisch«.

Das Festival war drei Tage zuvor, am 12. September, zu Ende gegangen, und die Juryvorsitzende, Emmanuelle Béart, hatte den Preisträgerfilm (*Mother and Child* von Rodrigo García, die Geschichte eines Mädchens, Karen, das mit vierzehn schwanger wird) verkündet und alle für das nächste Jahr eingeladen. Nachdem er die Startseite geschlossen hatte, und bevor er zu seinem Kompressionsrad und den Achslagern zurückkehrte, stellte sich der Autoschlosser zwei Fragen:

Warum hatte ihn Scarlett Johansson wegen Deauville belogen?

Wie hatten ihre Haare an einem Tag zehn Zentimeter wachsen können?

Als er abends nach Hause kam, war Arthur, vielleicht weil er Antworten auf die beiden Fragen gefunden hatte, ziemlich nervös. Scarlett Johansson war immer noch da; sie hatte das kleine Haus aufgeräumt, wahrscheinlich ferngesehen, so ein Tag, ohne etwas zu tun, ist lang (vor allem in Long).

Sie hatte Käsenudeln zubereitet.

Comfort food, sagte sie, so was isst man in den Staaten, mit der Familie, wenn man sich wohlfühlen will, wenn es kalt ist und man ein bisschen den Blues hat. Das ist *komfortabel*, wie die Kindheit. Wie eine warme Decke, wie die Arme von jemandem, der einem fehlt.

Arthur Dreyfuss fragte sich, ob ihm seine Kindheit fehlte. Er dachte natürlich an seine kleine Schwester Noiya, die keine Zeit gehabt hatte, um seinen Namen richtig aussprechen zu lernen – gerade genug, um *A-tür*, *A-tür* zu sagen. Er dachte an seine Mutter, die zu Édith Piaf tanzte, an den Wermut, der in ihrer Hand große Wellen schlug. Er dachte an seinen verschwundenen, davongeflogenen Vater, der sicher irgendwo oben auf einem Wildkirschenast saß. Er dachte, dass seine Kindheit so kurz, so leer und so traurig gewesen war, dass sie ihm vielleicht gar nicht mehr richtig fehlte, eine weit zurückliegende Amputation; nur beim Gedanken an einige morgenkalte Stunden an den Teichen, den Étangs de la Catiche oder de Dix, umhüllt vom Schweigen seines

Vaters und seinem beruhigenden Männergeruch, juckte das amputierte Glied zuweilen.

Obwohl er anfing, sich an die surreale Vorstellung zu gewöhnen, dass Scarlett Johansson durchgebrannt und bei ihm gelandet war (wie? Aus welchem Grund?), fand er es doch höchst verwirrend (auch sehr erregend), zu Hause von dem Star mit vier Golden-Globe-Nominierungen, dem People's Choice Award 2007, zwei Chlotrudis Awards, Trägerin des von Hasty Pudding Theatricals verliehenen Titels *Frau des Jahres 2007*, Preisträgerin der Filmfestspiele in Venedig 2003, des Gotham Award 2008 und so weiter, empfangen zu werden, die, ein mit Champignons bedrucktes Küchenhandtuch als Schürze um die Taille gebunden, gerade die Nudeln in den Backofen schiebt.

Stimmt was nicht?, fragte sie mit verführerischem Mund. Hast du keinen Hunger?

Doch. Doch, alles in Ordnung, stotterte Arthur Dreyfuss. Ich habe nur das Gefühl, neben mir, neben meinem Körper zu stehen; in einem anderen Leben, meine ich.

Gefällt dir das nicht?

Doch.

Macht es dir Angst?

Ja, ein bisschen. Es ist so unwirklich. Das Komischste ist, dass sich draußen keine hysterische Menge drängt, keine Journalisten, Fans, Verrückte, die dich sehen, dich anfassen wollen, die sich prügeln, um mit dir auf ein Foto zu kommen.

Weil das hier die *Asch der Welt* ist, sagte sie mit leisem Sticheln.

Er lächelte. Du kennst »Arsch der Welt«?

Ja. Das ist der beste Ort, um zu verschwinden. Wer würde auf die Idee kommen, mich hier zu suchen, Arthur?

Das Argument überzeugte. Arthur setzte sich auf die Armlehne des Ektorp.

Ich bin extra hierhergekommen, um das alles zu vergessen. Diesen ganzen Druck, Ryan (Reynolds, ihren Ehemann), Geld, Melanie, *my mom*; ihre Augen wurden feucht; ich wollte nur ein paar Tage normales Leben. Nur ein paar Tage. Ein Mädchen wie alle anderen sein, einmal im Leben. Ein ganz normales, ein *boring* Mädchen. Wie die, die bei Walmart Werbung für Hähnchen machen. Dass man mich ein paar Tage lang vergisst. *Miss Nobody*. Bloß nicht mehr Scarlett Johansson. Du kannst das doch verstehen. Ich will ungeschminkt rausgehen können, im selben T-Shirt wie gestern und mit einer peruanischen Mütze auf dem Kopf, ohne zu befürchten, mich morgen auf dem Cover einer Klatschzeitung wiederzufinden mit einer Schlagzeile wie *Scarlett Johansson der Depression verfallen*.

Sie wischte ihre klaren Tränen ab, die bis zum Kinn liefen.

Ich will nur ein paar Tage Ruhe haben, Arthur. *Just that*. Ich sein, ohne Schein. Illusionen. Das ist doch kein Griff nach den Sternen!

Just that.

Und Arthur Dreyfuss, der sich mit Zärtlichkeit nicht besonders gut auskannte, stand auf, machte einen Schritt und nahm sie in die Arme. Er bemerkte in diesem Moment, dass sie nicht besonders groß war, wohl aber ihre Brust, die selbst aus vernünftiger, höflicher Distanz seinen Oberkörper berührte. Die Schauspielerin schluchzte noch eine Weile. Sie sagte ein paar Worte auf Englisch, von denen Arthur Dreyfuss nichts verstand, außer einem *fed up*, das er schon mal gehört zu haben meinte und das in den Untertiteln von *24* mit »genug davon« und bei *The Wire* mit »Schnauze voll« übersetzt wurde, dann dachte er, dass er kein Schwein (oder keinen Massel) hatte, denn wenn ein erotischer Traum in deinem Haus landet, erwartet man, dass er dich liebt und küsst, dich entzückt, dich überwältigt, nicht, dass er deprimiert an deiner Autoschlosserschulter weint.

Man erwartet Licht und Anmut.

Er dachte an eine kleine Aneinanderreihung von Worten und lächelte. Eines Tages würde er es wagen.

Gestützt auf den Arm der Tochter
Trägt er die Last ihrer Schönheit
Verkrochen im Schutz des Korsetts.

Sie aßen die Nudeln, und Scarlett Johansson fand ihre gute Laune und den Glanz ihrer Wangen wieder.

Sie erzählte von Woody Allen, dem »*sexiest man alive*«: ich habe nie im Leben so viel gelacht wie mit ihm; von Penélope Cruz: sie ist meine Schwester, *my soul mate*, ich bete sie an; von ihrer sechsten Rolle als Dreizehnjährige (!): die Rolle von Grace McLean in *Der Pferdeflüsterer*, ich war verliebt in Robert (Redford) und Sam (Neill) in mich; von »ihren Töchtern« (so nannte sie ihre Brüste), um die Natalie Portman sie beneidete. Sie lachte, und Arthur Dreyfuss fand sie schön mit ihrem Lachen, auch wenn er dachte, ohne bereits alle aufzählen zu können, dass es mindestens tausend noch wunderbarere Dinge mit Scarlett Johansson zu tun gab, als Käsenudeln zu essen: ihr ein paar Gedichte vorlesen, ihre Ohrläppchen streicheln, vorsorglich die Rasse der Dobermänner und Rottweiler ausrotten, Vornamen für Kinder suchen, ihren kleinen goldigen Donut kitzeln, sie Dessous anprobieren lassen, eine einsame Insel finden, um zu zweit darauf zu leben, sie kämmen und dabei ein Lied von Neil Young hören, Macarons mit Veilchen- oder Lakritzgeschmack kosten und anderes mehr.

Sie erwähnte ihren dänischen Großvater, Ejner, Drehbuchautor und Regisseur (*En maler og hans by*), und Karsten, ihren Architektenvater, und Arthur Dreyfuss dachte unwillkürlich an seinen eigenen Vater, der nie zurückgekommen war.

Sie sprach und aß viel. Es sah fast so aus, als würde sie nachholen, sich für Julie Mazels auf Obst und Gemüse basierender *Beverly Hills Diet* rächen, sich für all die Opfer rächen, die sie gebracht hatte, um mit siebenundzwanzig eine der glamourösesten Frauen der Welt zu sein. Eine Blondine mit mehr als siebzig Millionen Treffern bei Google. Und dennoch fand Arthur Dreyfuss (der es nicht gewohnt war, mehrere Kro pro Abend zu trinken) ihre Nase etwas stark, das Kinn etwas spitz, den Mund etwas breit, die Haut glänzend, den Busen furchteinflößend. Hörst du mir nicht zu, Arthur? Doch, doch, stammelte er und legte seine Gabel hin; selbst bei Éloïse mit den Regenaugen bei Dédé la Frite waren die Worte nicht so einfach gekommen, ich, ich, es ist umwerfend, dass du da bist, Scarlett, es ist … Für mich ist es umwerfend, unterbrach sie ihn; das ist der erste Abend seit Ewigkeiten, wo ich endlich meine Ruhe habe, wo ich so viele Nudeln esse, wie ich Lust habe, ohne dass mir jemand sagt: *Be careful*, du nimmst schnell zu, Scarlett, *you know that*, und abnehmen ist mühsam, sehr mühsam. Der erste Abend seit so langer Zeit, wo ich meine Finger ablecken kann, ohne dass jemand sagt, das gehört sich nicht, Scarlett, das ist vulgär, ein Mund, ein Finger, das ist obszön; und das alles mit einem *super super cute boy*, der mich nicht um jeden Preis flachlegen will, der nicht auf meinen Busen starrt wie ein Schwachkopf. Sagt man Schwachkopf?

Arthur Dreyfuss errötete und fühlte sich irgendwie gekränkt, weil er trotz allem in der letzten Nacht zwei Etagen unter ihr verdammt große Lust gehabt hatte, sie flachzulegen, auch noch den ganzen Vormittag in der Werkstatt; ja, auch wenn sie eine große Nase, ein spitzes Kinn, einen Donutwulst und diesen kleinen schwarzen Pickel neben dem rechten Ohr hatte, der wie eine Knospe aufgetaucht war; eine winzige dunkle Orchidee, die an diesem Abend erblüht war.

Als er den Tisch abdeckte, dankte sie ihm, und das warf ihn beinah um. Eins der schönsten Mädchen der Welt stand inkognito in seiner Küche und dankte ihm, für die Nudeln, für das Bier, für dieses ziemlich belanglose Gespräch.

Er wagte nicht mehr viel zu sagen, aus Angst, diesen schönen Moment zu verderben.

Er wusch ab, während sie sich seine gut sortierte DVD-Sammlung anschaute: Ich steh auch auf Serien, sagte sie, das ist wie eine Familie, wenn man keine mehr hat, jeden Abend ein kleines Wiedersehen; *Die Sopranos*, natürlich, *I looove it*, sagte sie, und *24*, *The Wire*, *The Shield*, *Prison Brake*, *Matrix*, *La Dolce Vita* (nicht die Version von Fellini, sondern die eines gewissen Mario Salieri mit Katsumi und Rita Faltoyano, produziert vom sprühenden Marc Dorcel).

Oh! stieß er hervor und ließ den Teller los, der im Spülbecken zerbrach, die gehört mir nicht, ich, ich, zurück, ich muss sie zurückgeben, einem Kollegen, in der Werkstatt; mit seifigen Händen versuchte er nach der anzüglichen DVD zu greifen, sie hinderte ihn daran; plötzlich waren sie wie zwei Kinder, verspielt, unschuldig, sogar etwas albern; gib sie her! Nein! Nein! Gib her! Hol sie dir! *Come*, *come*, und sie lachten und plötzlich war alles ganz einfach.

Arthur Dreyfuss hatte nichts gesagt.

Er wollte noch *einen Tag* mit ihr haben, *zwei Tage*, *acht Tage*. Wie in dem Lied von Édith Piaf.

Sag mal, PP, was würdest du machen, wenn plötzlich Angelina Jolie vor deiner Tür steht?

Das Gesicht von PP (der dem jungen Gene Hackman aus der Zeit von *Brennpunkt Brooklyn* und *Asphalt-Blüten* ähnelte) kam mit strahlendem Lächeln unter einem Peugeot 605 hervorgerutscht. Wäre meine Frau zu Hause?

Arthur Dreyfuss zuckte mit den Schultern. Komm schon, ich meine es ernst, PP.

Warst du gestern aus, mein kleiner Arthur, und hast ein bisschen zu viel getrunken?

Erneutes Schulterzucken.

Sagen wir, ich würde versuchen, sie flachzulegen. Du nicht?

Doch, doch.

Sag mal, Angelina Jolie ist doch die aus *Nur noch 60 Sekunden*?

Ja.

Na, so lange würde ich bestimmt nicht brauchen! Hahaha! Das war gut!

Im Ernst, PP, würdest du dich nicht fragen, warum sie gekommen ist?

Nun glitt nach dem Gesicht der Körper von PP anmutig unter dem Auto hervor. Er richtete sich auf, und sein ölbespritztes Gesicht wurde ernst. Es gibt immer einen guten Grund für alles, mein Junge. Wenn deine

Angelina Jolie einfach so zu mir kommen würde, wär das, auch wenn es gar nicht möglich ist, ein Geschenk, denn die Schönheit ist immer ein Geschenk, vor allem mit solchen Brüsten und so einem Mund; dann könnte man glatt an Engel und diesen ganzen Quatsch glauben, weil es nur einen einzigen Grund gibt, aus dem sie kommen würde.

Welchen? fragte Arthur Dreyfuss, und sein Herz raste.

Die Liebe, Kleiner, die Liebe. Na klar, sie könnte auch einfach nur bei dir auftauchen, weil sie gerade in der Gegend war und ihre Zylinderkopfdichtung geplatzt ist, schließlich bist du Autoschlosser; dann würde ich ihr im Nu die Dichtung reparieren, sie um ein Autogramm bitten, sie vielleicht sogar zu einem Kaffee bei Dédé einladen, nur um mir einen Augenblick lang einzubilden, dass wir zusammengehören, damit die Leute mich mit ihr sehen und sagen, was hat denn PP für eine Superbraut aufgerissen, aber … aber ist das nicht vielleicht Angelina Jolie?! Guck mal, Léon, PP geht mit der Schauspielerin aus, sie ist wirklich umwerfend, und man würde sie erkennen, und die Leute würden durchdrehen, und für eine oder zwei Sekunden wäre ich wie ein Gott, wie ein Gott, mein Junge, ich wäre der Kerl von Angelina Jolie. Derjenige, der den Himmel in den Armen gehalten hat.

Eine Welle der Traurigkeit überflutete Arthur Dreyfuss und ließ ihn erschauern.

Er wusste genau, was PP meinte. Das Unmögliche. Den Traum. Den *Mythos der Hure*, die von allen Männern der Welt umworben wird und plötzlich ihn auswählt, ihn; die auf alle anderen verzichtet, auf mindestens dreieinhalb Milliarden Männer.

Grace Kelly hatte Fürst Rainier dem Grafen Oleg

Cassini und Jack Kennedy (dem Modeschöpfer), Bing Crosby und Cary Grant, Jean-Pierre Aumont, Clark Gable, Frank Sinatra, Tony Curtis, David Niven, Ricardo Boccelli, Anthony Havelock-Allen und so vielen anderen vorgezogen; sie hatte aus dem gutmütigen Rainier einen anderen, einen auf der Welt einzigartigen Menschen gemacht.

Sie hatte aus ihm einen Gott gemacht.

Und als PP nach kurzem Schweigen mit etwas heiserer Stimme gestand: Weißt du, Arthur, wenn ich in den zwanziger Jahren geboren wäre und der Freund von Marilyn Monroe gewesen wär, hätte sie sich niemals mit diesem ganzen Schweinkram vergiftet, das weiß ich! Sie brauchte keine Fußballer, Schauspieler, Präsidenten, weder eingebildete Schriftsteller noch sonst irgendwelche Kerle, die sich selbst mehr liebten als sie, nein; was ihr Herz brauchte, war ein einfacher, anständiger Junge, der die Menschen liebt, ein Autoschlosser, einer, der sie in sein Auto setzt und ihr schöne Sachen zeigt, der das Verdeck runterklappt und sie die frische Luft eines schönen Herbsttags atmen lässt, der sie den Regen, die winzigen staubigen, aufgeblasenen Tropfen kosten lässt, der ihre Hand hält, ohne sie zu zerquetschen, vor allem ohne sie zu ersticken, und ohne zu versuchen, sie auf der Rückbank zu vögeln, ja, genau das hätte ich mit Marilyn gemacht, und deswegen wären wir zusammen an Altersschwäche gestorben; da war Arthur Dreyfuss plötzlich zum Heulen.

Am dritten Abend seines Lebens mit Scarlett Johansson kam Arthur Dreyfuss mit *Vicky Christina Barcelona* und *Die Insel* nach Hause, den beiden DVDs, die er im Frisiersalon Planchard gefunden hatte (wo man auch seine Tintenstrahl- und Laserkartuschen zum Füllen abgeben konnte), der leicht an seiner langweiligen roten Backsteinfassade, den beiden kleinen Schaufenstern, der Galerie, die zu balancieren scheint, und dem völlig ausgeblichenen Ladenschild *Édonil – Haarpflege* zu erkennen ist. Er brachte auch das Abendessen mit: Blätterteigrollen mit Käse (schon wieder), zwei schöne Aufschnittplatten und eine Flasche Wein, die er in der Rue du 12- Novembre-1918 bei Tonnelier, dem Fleischer und Feinkosthändler gekauft hatte.

Es war eine alterslose Fleischerei. Ein Foto à la Raymond Depardon; mit der rot-weißen Fassade, den schwarzen Lettern, den geraden Großbuchstaben, so seriös wie die einer Röntgenpraxis, jede auf einen anderen weißen Würfel geklebt. Ohne die Autos und die Decaux-Werbetafeln hätte man sich im Jahre 1950 gewähnt. Überhaupt schien ganz Long in der Zeit erstarrt mit seinen niedrigen Häusern aus Backstein oder Zement, den spitzen Ziegeldächern und den in heiteren Farben gestrichenen Hauswänden, gelb, ocker oder, wie das an der Ecke Rue Hotton und Rue de l'Ancienne-École-des-Filles, in seligem Himmelblau, wahrscheinlich, um das grimmige und melancholische Grau über den Köpfen herauszufordern, dieses Grau, das jeden Höhenflug verhindert.

Arthur Dreyfuss brachte auch *komfortables* Essen mit; eine kleine Matte für den Sturz, den er verursachen würde.

Scarlett Johansson wirkte sehr bewegt von dieser zartfühlenden Aufmerksamkeit und wagte einen schelmischen Kuss auf die Wange des Autoschlossers, der beinah seine Aufschnittteller fallen gelassen hätte, eine Ungeschicklichkeit, die ihn in den Augen der jungen Schauspielerin noch rührender machte; zumindest glaubte er das.

Sie wollte gern vor dem Essen einen kleinen Spaziergang durchs Dorf machen; meine Beine sind eingeschlafen, sagte sie lächelnd, zauberhaft, bezaubernd. Arthur Dreyfuss stimmte so begeistert zu, als hätte man ihm ganz unerwartet ein paar Minuten zusätzliches Leben geschenkt, bevor das harte Urteil verkündet würde.

Sie warteten, bis sich die Sonne hinter die Étangs de Provision und Aunais verzogen hatte, bis sie wohltuende, dicke Schatten zeichnete; perfekte Schatten um das Inkognito eines Stars zu wahren.

Dann gingen sie hinaus in die Long'sche Reglosigkeit, erschauerten in der warmen Feuchte der Sümpfe. Das Dorf ist klein. Das Schloss, das Wasserkraftwerk, die Grande Rue (mit dem Rathaus, dem Seniorenclub, dem Bäcker, der donnerstags »Pizza« macht, *Vergessen Sie nicht zu bestellen!*), den Campingplatz Le Grand Pré, das Milchgeschäft des Viehhofs Copin und die Mauern von Gervais-Scombart hat man in zwanzig Minuten gesehen.

Sie liefen langsam durch die ersten Düfte von Kaminfeuer, kaum einen Meter voneinander entfernt, er einen halben Schritt hinter ihr; und manchmal, wenn ihre Schatten gegen eine Mauer prallten, streckte er seine Schattenhand aus, um ihr Schattenhaar zu liebkosen; er zuckte zusammen, als wäre es eine echte Liebkosung gewesen; er zähmte sich; er übte sich in neuen Gesten der Zärtlichkeit; er hätte plötzlich gern gesprochen, ihr in der wohlwollenden Dunkelheit Dinge gesagt, die man nachts in Gedanken für den Tag formuliert, an dem einem eine Gnade wie diese widerfährt. Scarlett Johansson sah sich um; sie lachte, schlicht, glücklich. Aber die Worte sind feige und entziehen sich, sie sind verlegen vor der Konjugation eines Traumkörpers, verwirrt vor der schneidenden Grammatik des Begehrens; alle Worte sind unnütz in der Rohheit der Dinge.

Alles in Ordnung?, fragte sie.

Ich, ich … Ja. Ist dir nicht kalt?

Sie gingen an der winzigen Kapelle Notre-Dame-de-Lourdes am Ortsausgang in Richtung Ailly vorbei. Er wäre plötzlich gern ein Mann gewesen, stämmig, jähzornig, von Begierde gelenkt, er hätte sie gern in die Kapelle gestoßen, sie hätte einen leisen Schrei ausgestoßen (ganz sicher) und gesagt, du bist verrückt, gefragt, was soll das?, und er hätte gesagt, ich bitte dich, das Leben mit mir zu teilen, eine verlassene Insel auszuwählen, Veilchenmacarons zu essen, und sie hätte gelacht, sie hätte mehrmals *you're crazy* gesagt, gehen wir zurück, mir ist ein bisschen kalt, aber das war nett, Arthur, das war nett, das war *cute*.

Vielleicht hätte sie ja gesagt.

Aber er schwieg, weil die Schwäche immer siegt.

Er schwieg, weil man das Unmögliche, ein Mädchen wie Scarlett Johansson nicht mit Ungestüm, mit Dringlichkeit zähmt; dazu braucht man Eleganz, eine Form von Verzicht.

Gehen wir zurück, sagte er, du frierst ja.

Dabei zitterte nur er, denn er kannte die Fortsetzung.

Sie deckten den Tisch vor dem Fernseher und sahen sich zuerst *Die Insel* an. Arthur Dreyfuss sah lieber Action als sentimentale Filme – und das waren die Werke des alternden Woody Allen bestimmt, die leicht anrüchigen Gefühle eines Mannes, der seine Frau verlassen hat, um mit seiner Adoptivtochter zu schlafen; wir werden sowieso beide sehen, hatte er gesagt, und während des Films redete Scarlett Johansson viel, manchmal sogar mit vollem Mund. Sie kommentierte jede Szene: Das haben wir in der kalifornischen Wüste gedreht, das in der Wüste von Nevada, ich finde Ewan (McGregor) in diesem weißen Trainingsanzug einfach umwerfend, er ist unglaublich sexy, absolut *hot*; da, siehst du, das Auto von Lincoln (der Mann, den Ewan McGregor im Film spielt) ist ein Cadillac, er hat sieben Millionen gekostet, kannst du dir das vorstellen, sieben Millionen, wegen dieser ganzen Extras! Sie machte sich begeistert an eine neue Teigrolle; das war ein superkomplizierter Dreh, sagte sie. Weißt du, dass ich kurz vorher operiert wurde? Man hat mir vor dem Dreh die Mandeln rausgenommen, und die Sekretärin von Michael (Bay, der Produzent) hat jeden Tag angerufen, um zu fragen, wie's mir geht. Um zu hören, wann ich wieder ins Fitnessstudio gehen kann, weil ich für die Rolle viel Kraft brauchte, das war megaanstrengend, alle gerieten in Panik und …

… und, fuhr Arthur Dreyfuss fort, du hast dir nach

den Verfolgungsszenen Schienbeinschützer anlegen lassen.

Die Schauspielerin ließ von ihrer Käserolle ab, ihr Mund stand offen, das Blut schien aus ihrem Gesicht zu weichen, eine Sekunde lang war sie geradezu hässlich.

Und du hattest entsetzliche Schmerzen im Knie, ich weiß. Ich habe es in *Allociné* gelesen, wie du, nehme ich an.

Er holte ein Stück Papier aus der Tasche, das er langsam, beinah grausam langsam auseinanderfaltete. Als du das Script gelesen hast, warst du ganz begeistert von der Beziehung zwischen Jordan, die du spielst, und Lincoln, und du hast erklärt: *Sie haben keine Ahnung von Intimität und Sex. Sie sind total naiv, weil sie in einer Art Plastikblase gelebt haben, ohne die Außenwelt zu kennen. Das ist eigentlich eine wunderbare Liebesgeschichte.*

Scarlett Johansson legte die Hand an den Mund und spuckte diskret den Bissen Käserolle hinein – aber so diskret war es dann doch nicht; ihre blutleeren Lippen bebten.

»Ich heiße Jeanine Foucamprez.«

Jeanine

Arthur Dreyfuss war zugleich enttäuscht und erleichtert.

Enttäuscht, weil er, wie PP mit Angelina Jolie, einen Augenblick, einen Flügelschlag, einen endlosen Seufzer lang davon geträumt hatte, »der Kerl von Scarlett Johansson« zu sein – obwohl PP niemals »der Kerl von Angelina Jolie« gewesen war und es niemals sein würde; aber die Vorstellung hatte ihm gefallen. Er war sich mit der glamourösen Schauspielerin am Arm vorgekommen wie ein Engel, der Auserwählte unter dreieinhalb Milliarden Männern; der einzige Mensch auf der Welt, der in der Lage gewesen wäre, Marilyn Monroe am 5. August 1962 vor dem Tod zu retten, weil er sie an der Hand genommen hätte, um sie die Tropfen des staubigen Regens genießen zu lassen.

Und trotzdem war er erleichtert, denn er ahnte, dass man mit einer Scarlett Johansson am Arm für dreieinhalb Milliarden Männer zum Feind wird. Weil sie einen beneiden, hassen sie einen. Weil sie einen hassen, zerstören sie einen.

Dann war er auch noch erleichtert, weil es – trotz der Gelüste auf grobkörnige Großaufnahmen und der Vorstellungen von Sex, die durch den strahlenden Herzvorbau der New-Yorkerin ausgelöst wurden – dennoch für einen jungen Autoschlosser aus Long, selbst wenn man aussieht wie Ryan Gosling, *nur besser*, ziemlich schwierig blieb, der *boyfriend* von Scarlett Johansson zu werden (angesichts der planetaren Konkurrenz); hingegen schien es deutlich machbarer, der Liebste einer Jeanine Foucamprez zu werden.

Und außerdem dachte er noch, was für ein Glück, wenn es dazu kommen sollte, insgeheim das Gefühl zu haben, mit zwei Frauen zugleich zu schlafen, oder jedenfalls mit der einen, während man ganz ungestraft an die andere denkt.

Aber Arthur Dreyfuss wusste, dass es noch nicht so weit war. Zwei Etagen und ein Badezimmer trennten ihn nachts von Jeanine Foucamprez; neununddreißig Stufen, die, er ahnte es, schwer zu überwinden sein würden, weil Jeanine Foucamprez gerade ein böses Märchen durchlebte, in dem man nicht mehr weiß, wer wen mit seinem Körper oder seiner Begierde täuscht, und weil in solchen grausamen Märchen die Prinzen am Morgen keinen Kuss zustande bringen, der die Prinzessin weckt, der Frieden, Lebenslust und die Sanftheit der Dinge wiederherstellt. Es sind Morgen voll Traurigkeit und Einsamkeit. Morgen des Schmerzes. Grausame Morgen. Verletzte Prinzessinnen brauchen viel Zeit.

Immer diese Geschichte mit den Medikamenten. Dosierungen. Zitternden Händen.

Natürlich hielt er den Film an, den sie gerade sahen. Er war noch nicht zu Ende (für die, die es interessiert, ganz schnell, er geht so aus: Ewan McGregor fährt schließlich mit Scarlett Johansson auf einem Schiff … auf eine *Insel*; ach die Liebe), er hielt den Film an, und Jeanine Foucamprez sagte charmant: Macht nichts, ich kannte ihn schon. Dann folgte etwas Schweigen. Auch

Verlegenheit. Sie sahen sich an, und man hätte meinen können, sie sähen sich zum ersten Mal an.

Schließlich … Du siehst dir zum Beispiel Cameron Diaz an, und es ist gar nicht Cameron Diaz: Dauert eine Weile, bis du das begreifst.

Bei Arthur Dreyfuss dauerte es sechs Minuten.

Warum ich?, fragte er. Warum bei mir, warum hier, warum in Long?

Jeanine Foucamprez holte Luft und legte los, diesmal ohne ihren reizenden Akzent: Ich mache bei der Pronuptia-Tournee mit, du weißt schon, die Brautkleider. Ich bin Starmannequin. Seit drei Jahren. Jeden Tag zwei Städte. Wir sind sechs Mädchen. Wir stehen als lebende Modelle in den Schaufenstern von Pronuptia. Wenn es kein Geschäft gibt, stehen wir in einem rundum verglasten Lieferwagen auf dem Marktplatz. Wie Fische in einem Aquarium. Unsere Ankunft wird am Vortag im Lokalblatt angekündigt. Manchmal auf dem Lokalsender von France 3. Wenn wir ankommen, sind schon Leute da. Es geht fröhlich zu. Eine Art Jahrmarkt. Karneval. Bierfest. Wie bei der Miss-France-Wahl. Von der ersten Tournee an wurde ich um Autogramme gebeten. Ich habe mit Jeanine unterschrieben. Aber sie sagten nein, nein, unterschreiben Sie mit Scarlett. Sie sind so sehr *sie*. Sie sind so absolut *sie*. Bitte! Ich fühlte mich schön. Wichtig. Also unterschrieb ich Scarlett. Machte ein großes *S*, wie Zorro mit seinem großen *Z*. Und die Leute waren glücklich. Sie umarmten mich. Im folgenden Jahr brachten sie mir direkt ihr Foto. Die Hülle einer DVD mit ihr. Ein kleines Filmplakat. Eine Seite aus der *Première*. Einen Artikel aus der *Elle*. Die Titelseite einer Fernsehzeitschrift. Plötzlich kam ich mir weniger schön vor. Ich fühlte mich wie eine Lügnerin. Wie ein kleiner Clown. Vor sechs Monaten sind wir von Abbeville nach Amiens gefahren. Der Fahrer musste von der Autobahn runter, weil ein Tankwagen mit Milch umgekippt war. Es sah aus, als hätte es geschneit. Als wäre der Schnee geschmolzen. Als würden wir in einem weißen See ertrinken. Eins der Mädchen hat gesagt, sieht aus wie ein Brautkleid, die Luftblasen in der Milch sind die Spitze. Wir haben hier angehalten. In Long. Und in der Brasserie du fil de l'eau gegessen. Ich kann mich genau erinnern. Freitag, 19. März. Als wir zum Bus zurückgingen, habe ich dich gesehen. Deine schwarzen Hände. Deine dreckige Latzhose. Du hast mich an Marlon Brando erinnert, in einem Film mit Motorrädern. Du hattest gerade einem weinenden kleinen Mädchen das Fahrrad repariert. Du warst schön. Und stolz. Das Licht des Fahrrads strahlte wieder. Die Kleine auch. Das hat mich umgehauen. Ihr Lächeln.

Arthur Dreyfuss bekam plötzlich einen trockenen Mund. Obwohl er die Worte der Liebe noch nicht kannte (selbst Follain ging sehr behutsam mit ihnen um), hatte er das Gefühl, da, in diesem Moment, welche gehört zu haben, Worte für ihn allein, die wie Küsse aus wunderbaren Lippen gekommen waren; Lippen, die der betörenden Scarlett Johansson hätten gehören können, mit der Appetitlichkeit und Wollust, die man von ihr kennt und auf die man nicht im Detail einzugehen braucht.

Ich bin ins Restaurant zurückgerannt, und man hat mir gesagt, wo du wohnst. Im letzten Haus an der Straße von Long nach Ailly, kurz vor der Autobahn.

Er trank einen Schluck Wein, einen zweiten, ein fruchtiger Ventoux (13,5% vol), mit einem Aroma von Quitte und roten Früchten, hatte Tonnelier gesagt, perfekt zum Aufschnitt und der Käserolle.

Sein Kopf drehte sich ein wenig.

Sie redete weiter: Ich wusste, wenn du mich mit ihr verwechselst, machst du mir auf. Dann hätte ich vielleicht eine Chance. Wie das kleine Mädchen. Mit seiner Fahrradlampe, die wieder leuchtet. Seinem umwerfenden Lächeln. Ach Scheiße.

Weder Dreyfuss, Louis-Ferdinand, sein Vater, noch Lecardonnel, Thérèse, seine Mutter, besaßen die Geistesgegenwart, ihren einzigen Sohn in Liebesdingen zu unterweisen.

Die Trauer um Noiya, seine zerfetzte kleine Schwester, beanspruchte den größten Teil der Zeit, die sie vor dem letzten »Bis heute Abend« und dem Anfang des Wermuts miteinander verbrachten. Thérèse weinte viel und schien jeden Tag mit ihren Augen davonzuschwimmen; sie erzählte von den Dingen, die sie für immer verloren hatte: die nassen Küsse ihres Töchterchens, die Abzählreime, die Tage mit Masern, die Tage mit Windpocken; die Haare, die sie jeden Morgen entwirrt hätte, wenn sie sieben Jahre alt geworden wäre; die Geschenke zum Muttertag, Halsketten aus Nudeln, jämmerliche Gedichte; die auf dem Markt ausgewählten Stoffe und später die zugeschnittenen Kleider, wenn der Busen wachsen würde; erste Blutstropfen, erste Parfumtropfen in der Ellenbeuge, der Kniekehle, der erste Lippenstift und die ersten Liebesküsse, die ersten Enttäuschungen; sie machen eine Mutter aus, sagte sie mit kaum hörbarer Stimme, ihr Mund von flüssigem Kummer überflutet; ich vermisse deine Schwester, mein Kleiner, ich vermisse sie so sehr, manchmal denke ich, dass ich sie in ihrem Zimmer lachen höre, wenn ihr nicht da seid, dein Vater und du, dann setze ich mich an ihr Bett und singe ihr die Lieder vor, die ich ihr nicht mehr beibringen konnte, du bist ein Junge, für dich habe ich nicht gesungen, dir habe ich keine Märchen vorgelesen, um dich hatte ich keine Angst, das war Aufgabe deines Vaters, er erzählte dir Geschichten von Wasserläufern, die mit ihren langen Beinen auf den dunklen Spiegeln tanzten, ohne jemals einzusinken, er war da, um deine Fragen zu beantworten, aber du hast nie Fragen gestellt, wir dachten, du interessierst dich für nichts, wir haben uns Sorgen gemacht, ach, Noiya, ach mein Kleines, mein Kleines, ich hasse alle Hunde auf der Welt, alle, alle, sogar Lassie (*Lassie unterwegs, Lassies Heimat, Lassie in Not*, unverwüstliche Lassie).

Dann und wann nahm Louis-Ferdinand seinen Sohn mit zum Angeln. Wenn sie losgingen, war finstere Nacht. Sie überquerten die Sümpfe bis zum Étang des Croupes oder bis zur Rivière de Planques und dort, neben einer Hütte, die einen muffig-feuchten Geruch verströmte, auf einer kleinen Insel, angelte der Förster, der Gemeindeordnung zum Trotz, mit einem Blinker (einem Pilker aus einem Köder und einer glänzenden Metallplatte), bis er ein paar beachtliche Hechte herausgeholt hatte – einer wog einundzwanzig Kilo. War es wegen der illegalen Technik, war es, weil er nicht ertappt, nicht gehört werden wollte, dass er nicht sprach? Arthur Dreyfuss verbrachte wortlose Stunden neben seinem Vater wie neben einem Unbekannten. Also beobachtete er ihn. Er beneidete ihn um seine rauen, kräftigen und präzisen Hände. Er forschte in seinem klaren Blick, der Lust auf Lächeln, Vertraulichkeit und Glück machte. Er berauschte sich an seinem Geruch nach Leder, Tabak und Schweiß. Und wenn der Angler ihm manchmal einfach so, ohne Grund, durch das Haar strubbelte, fühlte sich der kleine Arthur überglücklich, und diese Handvoll Sekunden des Glücks machte alles Schweigen der Welt wett. Alles Warten. Alle Leiden.

Als Arthur Dreyfuss zwölf Jahre alt war (Noiya war sechs Jahre zuvor aufgefressen worden), fragte er eines Abends in der Küche seine Eltern, wie man sich verliebt. Sein Vater zeigte mit der Messerspitze auf seine Mutter, als wollte er sagen: Sie wird dir antworten, aber weit weg begann ein Hund zu bellen, da brach seine Mutter in Tränen aus und verschwand in ihrem Zimmer. An jenem Abend hörte Arthur Dreyfuss zum ersten Mal im Leben seinen Vater siebenundsechzig Wörter hintereinander sagen: Es ist die Lust, mein Junge, die uns lenkt. Deine Mutter … ihr Arsch hat mich gerufen (das Kind zuckte zusammen), ihr Popo, wenn es dir lieber ist, ihre Art, ihn beim Gehen zu wiegen, wie das Pendel einer Wanduhr, tick, tack, tick, tack, das hat mich hypnotisiert, nicht mehr schlafen lassen, da bin ich mit ihr zum Étang de la Bouvaque (Abbeville) gegangen, und so bist du dann gekommen, mein Söhnchen.

Und hast du sie geliebt, Papa?

Das ist schwer zu sagen.

In dem Moment kam Thérèse aus ihrem Zimmer zurück. Ihre Augen waren trocken. Die Augapfel rotgeädert, als würden sie gleich auseinanderbrechen, wie rissige Vasen. Im Vorbeigehen verpasste sie ihrem Mann eine Ohrfeige, dann holte sie die Tarte à la cassonade aus dem Backofen, und Arthur Dreyfuss hatte die Antwort auf seine Frage.

Mein Vater. Er war nicht mein richtiger Vater. Nur ein Schwein. Mit seinem Speck. Dem Wanst, der fffft-fffft machte, wenn er sich bewegte. Wackelpudding. Wenn er lief, machte er immer so ein Geräusch wie nasse Schuhen. Als würde man gleich ausrutschen. Auch wenn es nicht regnete. Mein richtiger Vater dagegen war ein schöner Mann. Ich habe Fotos gesehen. Er war blond (daher wahrscheinlich die Johansson-Ähnlichkeit) und muskulös. Sein Lächeln ließ die Mädchen erröten. Das machte meine Mutter eifersüchtig. Dann hat sie sich beruhigt. Schließlich hatte sie ihn ja bekommen. Sie war sehr schön (daher wahrscheinlich die Scarlett-Ähnlichkeit). Aber ich habe meinen Vater nicht gekannt. Er starb kurz vor meiner Geburt. Er ist in einem Haus in Flesselles verbrannt (Luftlinie 12,3 Kilometer von Amiens entfernt), als er versuchte, eine alte Frau zu retten. Ihre Körper klebten aneinander. Es sah aus, als würden sie miteinander schlafen. Wie in Pompeji. Er war Feuerwehrmann.

Meine Mutter. Sie hat das Schweinchen in der Tanzstunde kennengelernt. Sie träumte davon, Tänzerin zu sein. Obwohl sie dafür nicht die richtigen Beine hatte. Die Form. Den Spann. Die Fußwölbung. All das. Aber sie glaubte daran. Sie schuftete. Auf dem Kühlschrank in der Küche standen Fotos von Pietragalla und der Pawlowa. Auch von Nijinsky und Nurejew. Und ein Bild von Jorge Donn in *Ein jeglicher wird seinen Lohn empfangen* von

Lelouch. Während sie darauf wartete, den *Contretemps* und den *Grand jeté* zu beherrschen, schlug sie sich als Kellnerin durch. Sie kam fast um vor Ungeduld. Für Schweinchen war der Tanz ein Vorwand. Eine Gelegenheit zum Anbaggern. Wie Hugh Grant in *About a boy.* Ein Blödmann, der so tut, als hätte er ein Kind, um die Mütter rumzukriegen. Das taugt nicht zum Anbaggern. Weil Schweinchen ein bisschen fotografieren konnte, machte er Fotos. Fotos von Damen für ihre Books. Im Tutu. Dann ohne Tutu. Nur noch mit dem durchsichtigen Trikot. Dann ohne Trikot. Dann in Großaufnahme. Er war so ein miserabler Fotograf, dass er es sogar geschafft hat, meine Mutter hässlich zu machen. Als er sich bei uns einnistete, war ich fünf. Zuerst war er cool. Er half ein bisschen im Haus. Er machte für meine Mutter den Tänzer. Tango. Cha-Cha-Cha. Mambo. Meine Mutter und ich lachten. Er war lächerlich. Das einzig Gute: Er konnte kaputtes Zeug reparieren. Die Toilettenspülung. Die Klingel. Die Steckdosen. So sparten wir Geld.

Er fand mich hübsch. Er sagte, meine Haut sei wie Satin, das man gerne zwischen den Fingern reiben möchte. Meine Augen seien aus Alexandrit (ein Edelstein, der je nach Licht die Farbe wechselt). Er war traurig, weil es Tausende gab, die sein Gefühl nicht teilen konnten. Seine Freude, mich anzusehen. Schönheit ist so selten, sagte er. Sie ist so schön. Man hat Lust, sie zu verschenken. So hat es angefangen. Eine erste Fotoserie. In der Küche. Er wollte, dass ich Vanilleeis esse. Es gefiel ihm, wenn ich den Löffel im Mund hatte. Wenn das Eis über mein Kinn floss. Er machte ein Gesicht, das er bei meiner Mutter nie machte. Das ist unser Geheimnis, Jeanine. Ich kam mir wichtig vor. Ich kam mir schön vor. Im Garten ging es weiter. Er forderte mich auf, Kopfstand zu machen. Ein Rad zu schlagen. Fragte mich, ob ich eine Grätsche machen könne. Eines Tages kam er ins Bad, als ich in der Wanne war. Er sah sehr traurig aus. Er erzählte mir, dass er früher ein kleines Mädchen gehabt hatte, das in den Himmel aufgestiegen war. Dass ich ihm ähnlich sehe. Dass er keine Zeit gehabt hatte, genug Fotos von ihr zu machen, um sie nicht zu vergessen. Und dass er nie mehr traurig sein würde, wenn ich einverstanden wäre, dass er mich beim Waschen fotografiert. Meine Mutter kam rein, als ich mich gerade zwischen den Beinen wusch, so, wie er es mir gerade gezeigt hatte. Ich lachte, weil es kitzelte. Und er lachte auch. Ja, ja, genau so. Sie hat uns angesehen und hat die Tür wieder zugemacht. Leise. Ohne zu knallen. Und das Schwein hat danke gesagt. Dank dir werde ich mein kleines Mädchen niemals vergessen. Ich gehe jetzt zu deiner Mutter. Ich habe kein Geschrei aus der Küche gehört. Kein klirrendes Geschirr. Nur Stille. Sie hat nichts gesagt. Meine Mutter hat nichts gesagt. Sie hat mich danach niemals etwas gefragt. Sie wollte nichts wissen. Nichts sehen. Sie ist für mich blind geworden. Sie hat mich nie mehr in die Arme genommen.

Arthur Dreyfuss nahm Jeanine Foucamprez sanft in seine Arme, und diese völlig unerwartete Zärtlichkeit überraschte sie beide. Er war tieftraurig. Der Zorn würde später kommen. Er hatte keine Worte für diese Art von Schmerz, für diese Brutalität; das Einzige, was er tun konnte, sein einziger Wortschatz bestand darin, sie an sich zu drücken. Ganz keusch.

Nicht die Zeit lehrt Umgangsformen, sondern das Erlebte.

Draußen war es schon lange dunkel, der Mond enthüllte die Schattenzonen der Welt, aber sie fühlten sich nicht müde. Neue Begegnungen, jedenfalls die, die wichtig erscheinen, haben immer diese Wirkung: Man wird nicht müde, man möchte nie wieder schlafen, möchte sich sein Leben erzählen, sein ganzes Leben; die Lieder, die man liebt, die Bücher, die man gelesen hat, die verlorene Kindheit, die Enttäuschungen und schließlich diese Hoffnung teilen; man möchte sich schon immer gekannt haben, um sich zu umarmen, sich bei vollem Bewusstsein, voller Vertrauen zu lieben, und früh mit dem Gefühl aufzuwachen, seit immer und für immer zusammen zu sein; ohne das bittere Leid des Morgengrauens.

Schließlich siegte der fruchtige Ventoux von Tonnelier über ihren Widerstand und ihre Erregung: Jeanine Foucamprez legte behutsam den Kopf an die Schulter des Autoschlossers, so wie man einen Seufzer ausstößt, wenn man endlich irgendwo angekommen, ein bisschen beruhigt, ein bisschen erwärmt ist; und obwohl Arthurs Stellung auf dem Sofa für ihn nicht die bequemste war, bewegte er sich nicht, so bewegt davon, dass sich ein Mädchen mit der Schönheit von Scarlett Johansson auf einmal blass und leicht wie eine Schwanenfeder an seine Schulter legte.

Die Tochter des blonden Feuerwehrmanns schlief friedlich ein, und der Sohn des Försters mit den siebenundsechzig Wörtern und dem verschwundenen Körper fing an zu träumen.

Am Morgen wurden sie von Donnerschlägen an der Tür geweckt.

Arthur Dreyfuss hatte Mühe, sich aus dem Ektorp zu

befreien, denn ein entsetzlicher Krampf lähmte seinen linken Arm (den nämlich, der bis dahin, also fast sechs Stunden lang, Jeanines schönen Kopf gehalten hatte – diese wachte lächelnd auf).

Es war PP. Mit finsterer Miene. Drohendem Mund.

Was treibst du denn, Junge, ich warte seit einer Stunde auf dich, um 9 muss der Mégane für den Bürgermeister fertig sein!

Dann, als er Jeanine Foucamprez entdeckte, die sich graziös auf dem Dreisitzersofa räkelte, wirkte er überrascht, geradezu fassungslos (erinnert euch an die vor Wollust triefende Wolfsschnauze beim Anblick der sexy *Red Hot Riding Hood* in dem Trickfilm von Tex Avery): Also war das mit der Schauspielerin kein Quatsch?, stieß er hervor. Wow, wer ist das, ist das Angelina Jolie? Ist sie das wirklich? Umwerfend schön. Oh, Jesus. Gottverdammich! Gottverdammich!

Und zum ersten Mal in seinem Leben fühlte sich Arthur Dreyfuss schön. Besonders. Auserwählt. Und zum ersten Mal in seinem Leben ließ sich PP, dreimal verheiratet, zweimal geschieden, Besitzer einer typenoffenen Autowerkstatt, von seinem Herzen leiten: Komm ruhig später, wenn du willst, Kleiner, ich versteh das, Marilyn, die Regentropfen, die Langsamkeit der Dinge, das Feingefühl; ich kümmere mich um den Mégane, kümmere du dich um sie.

Kaum hatte PP die Tür geschlossen, fing Jeanine Foucamprez an zu lächeln, dann lachten sie beide; dieses Lachen war für sie das Glück.

Werden. Beginn. Möglichkeit. Offenheit.

Nach einem hastig hinuntergekippten Becher Ricoré – lass stehen, geh schon, hilf ihm, ich räume auf, hatte

Jeanine gesagt – war er in die Werkstatt gerannt (mit einer Idee im Kopf). Außer dem Mégane des Bürgermeisters, unter dem PPs langer Körper lag, gab es drei Aufträge: ein 3er BMW aus fünfter Hand zur 250 000-km-Durchsicht, ein Auspufftopf bei einem Citroën C1 von 2005, eine saumäßige Kiste, sagte PP, die Dummköpfe ohne Fahrerlaubnis entworfen haben, und Reifenschäden bei zwei Wohnmobilen (Jipé, der Chef des Campingplatzes Le Grand Pré, einer von zwei Campingplätzen von Long, dessen Gelände in Höhe der Rue du 8-mai-1945 aus kleinen Inseln bestand, die durch Wasserläufe getrennt waren – man konnte also vom Wohnwagen aus oder beim Rasieren angeln –, Jipé also hatte die Angewohnheit – Ochophobie? Kinesiophobie? –, ab und zu ein paar Reifen anzustechen, um dann die unglücklichen Touristen für einen Zehner pro Reifen an PP zu verweisen).

Jedes Mal, wenn sich ihre Blicke trafen, zwinkerte PP ihm nachdrücklich zu; lächerliche Geste, altmodisch wie Aldo Maccione. In der kurzen 10-Uhr-Pause bombardierte er ihn förmlich mit Fragen, bekam aber nur eine Antwort, immer dieselbe: Sie hat bei mir geklingelt, das ist alles, und PP fluchte, sagte, er sei doch schließlich auch kein alter Sack, kein Arschloch, aber solche Sachen, dass so eine Puppe an der Tür klingelt, passierten ihm nie, obwohl, seine Gene-Hackman-Seite, hübsche Visage, strammer Körper wie Lino Ventura, das kam meistens ziemlich gut an, und dass Angelina Jolie besser bei ihm hätte vorbeikommen sollen, na gut, sagen wir in der Werkstatt, weil Julie (seine Frau) immer in der Küche steckt, daher mein Wanst, oder unter der Dusche, seitdem ich einen neuen Brausekopf mit fünf

Strahlen angebracht habe; und eins sage ich dir, Arthur, auch wenn du eine hübsche kleine Visage hast, bist du nur ein Bubi, aber um die Bedürfnisse von so einer Frau, so einem Star bis in die Tiefe zu befriedigen, dafür ist ein Mann, ein stämmiger Kerl besser geeignet, das Gewicht raubt ihr den Atem, verstehst du, es erstickt, und ersticken ist erogen, das werden dir alle Damen bestätigen, und du bist ein Kind, du hast keinen Schwanz zwischen den Beinen, sondern eine Feder, ein Federchen, etwas Wind, nichts, was erstickt. (Pause.) Scheiße, Scheiße und nochmals Scheiße! Dann zerdrückte er seine Kippe so wütend, als würde er eine dicke, behaarte Spinne mit einem Bauch weiß wie eine Eiterbeule zerquetschen, die ihn hätte vergiften können; Rastapopoulos in *Flug 714 nach Sydney.*

Na gut, mach diesen Scheiß C1 zu Ende und geh zurück zu Tomb Raider, an deiner Stelle wäre ich übrigens gar nicht erst arbeiten gekommen, Schwachkopf. Sauge sie aus. Brich sie auf. Parfümiere dich, find hübsche Worte. Nutz es aus, Himmel, Arsch und Zwirn; pflück sie, sie ist eine Blume. So ein Mädchen ist ein Wunder: Danach wirst du nie mehr hässlich sein, alle werden dich beneiden und begehren. Denk nur an Marilyn Monroe und mich. Marilyn und ich. Ich könnte sterben, wenn ich du wär.

Da erzählte ihm Arthur Dreyfuss seine Idee.

PP guckte erstaunt.

Sie wissen ja, PP, fügte er lächelnd hinzu, mein Urlaub, alle Tage, die ich seit zwei Jahren nicht genommen habe, die haben Sie für mich aufgehoben, für eine besondere Gelegenheit, haben Sie gesagt. Er holte tief Luft und wagte eine Zusammenstellung: Und die Schönheit/ist das Größte/größer als ein Herz/ein Staubkorn von Unsterblichkeit/wenn sie schwindet.

PP lächelte väterlich. Du bist ein Zarter, Arthur, eine Art Dichter mit deinen kleinen zusammengestrickten Wörtern. Los, geh schon. Fahr mit ihr weg, flieg mit ihr los. Genieße die Unsterblichkeit, wie du sagst.

Es war 10.30 Uhr an diesem Morgen des vierten Tages. Das Wetter war schön.

Arthur und Jeanine

Jeanine Foucamprez arbeitete gerade nicht.

Es war September; die Pronuptia-Tourneen würden erst im Januar wieder losgehen, mit den neuen Modellen – Kleider aus Mikado-Satin, Micro-Ottoman oder geperlter Cornellispitze –, den Heiratsversprechen, den ersten sonnigen Tagen; mit den verzweifelten Anstrengungen der Bräute, Dukan-Diät, Nuvoryn-Pillen, Magenringe und andere Grausamkeiten, um schön zu sein, wenigstens einmal, auf dem ewigen Foto.

Sie hatte fünfzehn Tage lang im Maxicoop von Albert (80 300 Einwohner – 28 Kilometer von Amiens, 813 von Perpignan entfernt) in der Geflügelabteilung Werbung gemacht, und obwohl sie manchmal anzügliche Sprüche zu hören bekam – freundliche: *Da haben sie ja ein tolles Hühnchen in die Geflügelabteilung gesteckt;* zotige: *Das Gänschen würde ich gern stopfen* oder vulgäre: *Die Glucke hat ja Straußeneier gelegt* –, hatte Jeanine diesen Job gemocht. Sie hatte ein Kostüm aus ganz weichen Schwanenfedern, ein schnurloses Mikro und einen hübschen Text, den sie alle vier Minuten wiederholen musste: *Die Hühnchen hier sind frisch und zart und obendrein wird heut gespart.* Die Lagerarbeiter waren alle sehr nett zu ihr gewesen, hier ein Kaffee, da eine Tafel Schokolade; der Direktor auch, ein Abendessen im Royal Picardie; mit dem Buchhalter eine Tour in seinem neuen Jaguar XF; Hintergedanken, Träume, Schweinereien, Leiden, wie immer, mit allen Männern, seit sie zwölf Jahre alt war und weibliche Reize hatte, einen Mund wie eine reife Frucht, ein Tabernakel und dieses *Ich-weiß-nicht-was* (von dem wir alle wissen, was es ist), das die Männer unglücklich, brutal und wahnsinnig macht und die Frauen misstrauisch, hektisch und grausam.

Jeanine Foucamprez blieb nie lange am selben Ort: Man beschuldigte sie vorbeugend der Pyromanie wie diese Laurie Bee Cool, eine getreue Kopie von Lauren Bacall, im Trickfilm von Bob Clampett, die alles in Brand steckt und das Herz von Bogey Gokart verzehrt. Man hielt sie so fern wie nur möglich, denn sie war ein Gift, eine Gefahr, eine Sirene aus der Familie des Gottes Acheloos.

Sie war eine Chimäre. In mehrstöckigen Kliniken schnitten 10er Klingen in Gesichter, um ihrs zu kopieren. Skalpelle schnitzten, zerteilten Körper, um sie ihrem Bild entsprechend zu formen, große Brüste, schlanke Taille. Jeanine Foucamprez war das Unglück der Männer, die sie nicht besaßen, und der Frauen, die ihr nicht ähnlich waren.

Der große Ball der Täuschungen.

Wenn sie wüssten. Das Leben der Frau, die der Alex Foreman im Film *Reine Chefsache* zum Verwechseln ähnlich sah, war eine Kette von Peinlichkeiten, Ärgernissen und Demütigungen.

Die Arme ihrer Mutter hatten sich ihr nicht wieder geöffnet. Aus ihrem Mund waren nie wieder sanfte Mutterworte gekommen. Ihre Hände hatten das Kind nie wieder gekämmt, berührt oder beruhigt. Und als sich die ersten Falten im Winkel der für die Tochter blinden Augen zeigten, als ihr bewusst wurde, dass sie niemals mit Pawlowa, Nijinsky oder Nurejew auf dem Kühlschrank in der Küche landen würde, dass sie es niemals bis zum *Ballotté* oder *Sissone* bringen würde, wurde das Schweigen der Mutter noch bedrohlicher. Sprich zu mir, Maman, bat Jeanine, flehte Jeanine. Sag etwas. Sprich. Bitte. Ich bitte dich. Mach den Mund auf. Sie flehte. Kotze! Kotze, wenn du willst. Erbrich mich, wenn du willst. Aber lass mich nicht so. Nicht im Schweigen, Maman. Im Schweigen ertrinkt man. Das weißt du genau. Sag mir, dass es nicht das ist, was du von mir erwartest. Sag mir, dass ich immer noch deine Tochter bin.

Auch das Schweigen besitzt die Gewalt der Worte.

Jeanine Foucamprez war gerade neun geworden, als ihre Mutter sie ihrer Tante überließ, der Bibliothekarin von Saint-Omer, eine sanfte Frau, die mit einem Briefträger verheiratet war, kinderlos – was nichts damit zu tun hatte, dass er Briefträger, sie Bibliothekarin war; sie wohnten in einem hübschen Einfamilienhäuschen mit Garten nahe der Étangs de Malhove und Beauséjour. Bei ihnen bin ich aufgewachsen, erzählte Jeanine dem jungen Autoschlosser. Er ging früh aus dem Haus. Zwangsläufig. Als Briefträger. Kaum war der Postbote raus, spielten wir Schallplatten von Céline Dion in voller Lautstärke (ach! *Feliz Navidad*, ach! *It's All Coming Back To Me Now).* Wir tanzten in der Küche. Im Wohnzimmer. Wir sangen Karaoke beim Hinabsteigen der Treppe, wie die Stars. Wir lachten. Ich war glücklich. Dann, um acht Uhr, ging ich zur Schule und meine Tante in die Bibliothek. Abends lasen wir Romane. Oder wir sahen fern, während mein Onkel am Küchentisch saß und versuchte, ein Buch über die Geschichte des Kanals von Saint-Omer zu schreiben, die im zehnten Jahrhundert mit den

Mönchen anfing. Öde. Es ging mir gut. Aber das dauerte nicht lange.

Als sie zwölf Jahre alt war, verwandelten sich die kleinen »Hügel, so sanft und blass wie Hostien«, wie sie der Fotograf genannt hatte, in einen enormen Busen, der sie brutal von den Limonaden der Kindheit und den Melodien von Céline Dion fortriss, um sie der Begehrlichkeit der Widerlinge auszuliefern.

So begann Arthurs erster bezahlter Urlaub: Sie lagen beide auf dem Fußboden, da das Haus keinen Garten hatte (was den erschwinglichen Preis erklärt), auf dem langhaarigen Teppich des kleinen Wohnzimmers (Ikea, 133×195, das Maß eines kleinen Doppelbetts), so selig, als würden sie inmitten von Butterblumen im warmen Gras liegen; glücklich, als hätten sie mit dem Widerschein der goldenen Blütenblätter *Isst du gern Butter?* gespielt – ein entzückendes Spiel, das Arthur Dreyfuss als Kind gern mit seiner kleinen Schwester gespielt hätte, wenn der Nachbar bloß eine Vorliebe für Chihuahuas statt für Dobermänner gehabt hätte.

Jeanine sah mit dem gleichen Lächeln zur Zimmerdecke, als wäre es der Himmel mit seinen Wolken und weißen Vögeln, die einen ans andere Ende der Welt tragen, mit seinem Blau gleich den Augen der Verliebten in den Liedchen; einen ganz kurzen Moment war es wie die Kindheit, die sie nie gehabt hatte. Die Sanftheit des Feuerwehrmanns. Die Anmut der Tänzerin. Dann, später, die Adoleszenz, ihre Hand in der eines netten Jungen; der Traum eines einfachen Lebens, das ganz harmlos scheint, in dem sich aber oft der Schlüssel zum Glück verbirgt. Sie seufzte, ihre Brust weitete sich, aber da Jeanine lag, nahm diese keine Russmeyer'schen Ausmaße an, und der Autoschlosser kippte nicht aus den Latschen; der aufreizende Busen weitete sich einmal, zweimal, dann beruhigte sich die nostalgische Halbwüchsige und offenbarte flüsternd:

Ich fühle mich wohl mit dir.

Da belebten sich Arthurs Finger, die nach so langer Unbeweglichkeit nur wenige Zentimeter von dem außerordentlichen Körper, dem Tempel aller Sünden entfernt erstarrt waren, wie fünf kleine, schüchterne Blindschleichen und versuchten, die Hand zu erreichen, deren Zwilling die von Ewan McGregor gehalten hatte, und als sie dort ankamen, öffneten sich Jeanines Finger und empfingen die von Ryan Gosling, *nur besser.*

Ryan Gosling, *nur besser*, drückte ihre Hand, zog sie an sich und richtete sich rasch auf.

»Komm!«

Sie sprang geradezu auf. Arthur Dreyfuss lächelte.

Sein Kopf drehte sich, wie an dem Tag in der zehnten Klasse, als er mit dem kürzlich entjungferten Alain Roger Trichlorethylen eingeatmet hatte und das *Stabat Mater* von Vivaldi sang, obwohl er es noch nie gehört hatte.

Christiane Planchard verdankte es ihrer guten Gesundheit und den regelmäßigen Yogaübungen, dass sie keinen Herzanfall bekam.

Christiane Planchard, die in der Rue Saint-Antoine den gleichnamigen Frisiersalon betrieb, der auch einige DVDs auslieh und Tinten- oder Laserpatronen zum Füllen annahm, Christiane Planchard also wäre ohne regelmäßige Yogaübungen und die Beherrschung ihrer Emotionen tot umgefallen, als sie Scarlett Johansson (Scarlett Johansson!) in Begleitung des schnuckligen Autoschlossers in ihren Salon kommen sah.

Nichtsdestotrotz schloss sich in dem Moment, wo sie den Mund aufsperrte, ihre Schere heftig und massakrierte den ältlichen Pony von Mademoiselle Thiriard, pensionierte Englischlehrerin, die bis dato Jungfer geblieben war – was der antiquierte Pony womöglich erklärte.

Aller Tratsch, Klatsch und anderes Geschwätz verstummte. Die Zeit blieb stehen. Man hätte ein Haar fallen hören.

Dann vernahm man das Klicken eines Smartphones, mit dem jemand ein Foto gemacht hatte, und dieses winzige Geräusch schien das Signal für das Leben zu sein, das wieder sein Recht einforderte. Christiane Planchard stürzte herbei, Mademoiselle Johansson, welche Ehre, Sie … drehen Sie einen Film in unserer Gegend? Mit Woody Allen? Er liebt Frankreich so sehr! Und er spielt so gut Klarinette! Was Sie für schönes Haar haben, und dieses Blond, wie Getreide im April, ein Flecken Habichtskraut im Sommer, also, also, in echt sind Sie noch schöner, Sie …

Aber Arthur Dreyfuss fiel ihr ins Wort: Können Sie ihr bitte die Haare ganz kurz schneiden und schwarz färben?

Bei diesen Worten schien Christiane Planchard zu schwanken, fing sich wieder (dank einer Yogastellung, die *Bhujangasana* genannt wird, oder *Kobra*, die *Selbstvertrauen gibt, um Hindernissen zu begegnen, und ausreichend Kraft, um dem Leben entgegenzutreten; Prinzip: blaues Licht in Halshöhe visualisieren)*, schwarz, Farbe, gut, natürlich, Chantal, kümmern Sie sich um Mademoiselle Johansson, machen Sie bitte das Shampoo fertig, das Besondere, los, los; Mademoiselle Thiriard, bitte noch eine Minute, Sie sehen doch, aber ja doch, doch, Ihr neuer Pony ist gut, sehr, sehr gut, er ist *unstrukturiert*, alle wollen so einen Pony haben.

Und während man sich um die göttliche Schauspielerin zu schaffen machte, stellte sich Jeanine Foucamprez auf Zehenspitzen, drückte einen Kuss auf Arthurs Wange und flüsterte ihm mit dem Lächeln, von dem dreieinhalb Milliarden Männer ganz hingerissen waren, ein *Danke* ins Ohr.

Jeanines Herz schlug etwas heftiger. Er wollte *sie*. Nicht die andere.

Und während ihre blonden Haarsträhnen lässig und lautlos zu Boden fielen und um sie herum erst einen goldenen Kranz, dann einen gelben Teppich bildeten, übte sich Arthur Dreyfuss beim Lesen abgewetzter Zeitschriften (Sudoku und Kreuzworträtsel ausgefüllt, Rezepte herausgerissen und mit Bic Schnurrbärte auf die Gesichter der armen Demi Moore und ihres Lackaffen gekritzelt) in Geduld. In einer alten Nummer von *Public* stieß er auf einen Artikel, der die baldige Premiere von *Iron Man 2* erwähnte, mit Robert Downey jr., Gwyneth Paltrow und … Scarlett Johansson in der Rolle der schwarzen Witwe, mit langen kastanienbraunen Haaren, eng anliegendem schwarzem Kleid und immer mit diesem unglaublichen Busen. Christiane Planchard fing an, die Farbe aufzutragen. Er blätterte andere Klatschmagazine durch, las alte Horoskope und stieß auf den erstaunlichen Bericht einer Frau, die eine Labioplastik hatte machen lassen. Bisher hatte er bei dem Wort Plastik an den Eimer in der Küche gedacht, vielleicht noch an Kunst, antike Statuen, und nun erfuhr er, dass Frauen ihre Scheide den Skalpellen der ästhetischen Chirurgie anvertrauten. *Meine inneren Schamlippen hingen herunter, mein Geschlecht sah aus wie der Hals eines alten Truthahns. Seit der Operation sieht es wie bei einem kleinen Mädchen aus, ganz frisch, ganz glatt.* Er bekam Gänsehaut.

Die Lüge nistet sich überall ein.

Zwei Stunden später – man hatte schon zweimal bei Dédé la Frite Kaffee für Mademoiselle Johansson und den Schnuckligen geholt; wir sind ein bescheidener Salon, aber wir wissen, was Service ist, hatte Christiane Planchard gesagt – kam Jeanine Foucamprez als Brünette heraus, mit jungenhaft kurzen, zerzausten Haaren (für die, die sich erinnern, ein bisschen wie Anne Parillaud in *Nikita)*, und alle waren sich einig, dass sie so verdammt hübsch war; zugegeben, am Anfang war es etwas überraschend, weil man daran gewöhnt war, sie blond mit offenem Haar oder Knoten zu sehen, aber doch, so war sie verdammt hübsch, außerordentlich hübsch sogar. Jeanine Foucamprez erklärte sich bereit, an der Seite von Christiane Planchard für ein Foto zu posieren, das am nächsten Tag vergrößert und eingerahmt hinter der Kasse an die Wand gehängt werden würde.

Als sie hinausgingen, schob sie ihren Arm unter Arthurs, und sie bekamen Beifall. Für alle, die an diesem Tag dabei waren, blieb das Bild dieses unwahrscheinlichen und schönen Paares ein Bild voller Licht, eine Art Erscheinung, und niemand konnte die Brutalität der Finsternis vorausahnen, die es in nunmehr weniger als achtundvierzig Stunden auslöschen würde.

Dieser siebente Tag; verflucht; schwarz und purpurrot.

Sie liefen zur Werkstatt, wo ihnen PP den Ersatzwagen (einen alten Honda Civic) gab, und PP konnte sich ein Kompliment nicht verkneifen: Sie sind noch schöner als gestern, Fräulein Angelina. Jeanine Foucamprez lächelte überaus entzückend.

Während der zweiunddreißig Kilometer von Long nach Amiens, wo er einen Tisch im Relais des Orfèvres reserviert hatte, fuhr Arthur Dreyfuss sehr vorsichtig, denn sie redeten viel, und ein Gespräch mindert immer ein wenig die Konzentration am Steuer.

Es war nett, dass du an den Friseur gedacht hast, sagte sie.

Es steht dir supergut, sagte er.

Findest du?

Ja.

Sie errötete. Er auch.

Wohin fahren wir?

Das ist eine Überraschung.

Ich liebe Überraschungen.

Ich hoffe, sie wird dir gefallen.

Da bin ich mir sicher. Ein Glück, dass ich dich im März bemerkt habe. Du hast so gut ausgesehen.

Hör auf.

Du warst so rührend mit dieser Kleinen. Und ihr Lachen. Verdammt, ihr Lachen. Ich musste seitdem fast jeden Tag an dich denken. Du findest bestimmt, ich bin blöd.

Nein.

Ich habe davon geträumt, dass ich dir begegne. Dass du mich wie die Kleine zum Lachen bringst.

Stimmt, du bist blöd.

Dass wir Freunde werden. Dass. Und so weiter, zweiunddreißig Kilometer lang.

Es war ein Getändel von Halbwüchsigen, charmant, geduldig; dieser Moment des Vorher, wo alles noch möglich ist; die Worte in der Unordnung aufgereiht, bevor sie auf dem Papier festgehalten werden.

In Arthurs Verhalten war kein Drängen, in Jeanines keine Provokation, und wenn sie mit der Hand ihre kurzen Haare berührte, wenn sie sich mit ihrem neuen Kopf vertraut machte, hatten ihre Bewegungen etwas Zurückhaltendes, Rührendes, das ihn mit Glück erfüllte. Als sie bei dem berühmten Restaurant ankamen, legte sie ihre Hand auf seinen Unterarm.

»Danke, dass du versuchst, Scarlett von mir zu entfernen, Arthur. Dass du auf mich zukommst. Dass du versuchst, mich zu sehen … mich.«

Arthur Dreyfuss lächelte. Sagte nichts, weil es nichts zu sagen gab.

Im Relais des Orfèvres, dem Restaurant von Starkoch Jean-Michel Descloux, bestellten sie das Traditionsmenü; immerhin dreißig Euro, dachte der bescheidene Autoschlosser, aber wenn man mit so einem Mädchen unterwegs ist – einer Marilyn Monroe, hatte PP gesagt, der sie mit Angelina Jolie verwechselte –, dann bedankt man sich. Sagt man, ich könnte morgen sterben. Gleich nachher. Dann sagt man, Geld spielt keine Rolle. Denkt man *Carpe Diem*.

(Das Traditionsmenü, *für Genießer*: als Entrée der knusprige Auflauf von geräuchertem Seelachs in Blumenkohlcrème; als Hauptgericht Hechtrücken, gebraten in Algenbutter mit knusprigen Schinkenchips in Piquillosauce – Piquillos sind Paprikaschoten aus Lodosa im spanischen Baskenland –; und schließlich der Käsewagen von Julien Planchon *oder* die Dessertkarte. Das ökonomische Wunder dieser dreißig Euro lag in diesem *oder.)*

Natürlich wurden beide von der Seite beäugt. Besonders sie. Man zeigte mehr oder weniger diskret mit dem Finger auf sie. Die Gäste flüsterten aufgeregt, und Arthur Dreyfuss erklärte das mit ihrer Langeweile. Ein ganz normaler, aber gut gekleideter Mann in Begleitung einer sehr hübschen Frau sah sich die anderen Frauen an. Die Frauen der anderen. Die Trophäen.

Immer dieser großartige Zirkus.

Jeanine Foucamprez hatte die rosigen und perlmuttschimmernden Wangen von Scarlett Johansson, und obwohl ihre Frisur das Bild, das man von der Schauspielerin hatte, radikal veränderte, muss man zugeben, dass die Ähnlichkeit immer noch vorhanden war. Wie schön Arthur sie fand, mein Gott. Endlich war sie einzigartig: Niemand vor ihm hatte sie so gesehen; weder diesen Kopf noch diese geradezu kindliche Freude. Er wäre, wie viele in diesem Moment, zum Sterben bereit gewesen, um den Platz des Teelöffels einzunehmen, den sie gerade mit Blumenkohlcrème gefüllt an ihre fantastischen, vollen Lippen führte, in den Mund schob und glänzend wie eine Träne im Film wieder herauszog; schließlich hatte auch Woody Allen davon geträumt, die Strumpfhose von Ursula Andress zu sein.

Ich habe noch nie im Leben so etwas Gutes gegessen, gestand Jeanine Foucamprez gerührt, mit feuchten Augen. Vielleicht mit einer Ausnahme, die *Ficelle Picarde* im Royal Picardie mit dem Direktor des Maxicoop. Als ich in der Geflügelabteilung gearbeitet habe. (Für dieselben Genießer wie oben: Es handelt sich um einen Crèpe mit Schinken und Champignons, im Backofen gebacken, 420 Kalorien/100g). Aber es war anstrengend, erzählte sie weiter. Er aß schnell. Er sah mich komisch an. Er schwitzte. Er wollte unbedingt wissen, ob ich die Zimmer im Royal kenne. Er sagte, es würde mir guttun, mich dort nach dem Essen ein bisschen auszuruhen, um zu verdauen. Die *Ficelle Picarde* sei ziemlich schwer, wie ein Käsegratin. Und blablabla. Der Direktor, zehn Tonnen. Verheiratet. Zwei erwachsene Töchter. Und so einer steigt Mädchen in deren Alter hinterher. Arthur Dreyfuss setzte zu einer Frage an, aber sie hieß ihn mit einem Schulterzucken schweigen und ergänzte mit einem kleinen Lächeln, während der Teelöffel ihre magischen Lippen streifte: Was denkst du denn, Arthur! Ich gehe nicht für eine *Ficelle Picarde* mit jemandem ins Bett.

Er lächelte unschuldig. Du hast einen schönen Mund, zwei schöne Töchter, und das reicht, das erlaubt ihnen jede Dreistigkeit.

Ich hab die Vulgären erlebt, Arthur. Die Eiligen, die Ungeschickten, die Schönen, sogar die sehr, sehr Schönen. Die Alten, die Knausrigen, die Mistkerle und die Klebrigen. Sie haben es alle versucht. Mit Blumen, Schokolade, *Ficelles Picardes*, Geld. Sogar mit viel Geld. Wie lauter Kränkungen. Was müssen die leiden. Einmal ein Diamant. Aber ohne Heiratsantrag. Höchstens später eine Wohnung. Wie eine Nutte. Auch einen Fiat 500, Innenausstattung Leder. Ach diese Kerle. Und ich konnte mir die Farbe aussuchen. Aber ich hab noch nie einen Netten getroffen. Einen wirklich Netten. Du bist der Erste, Arthur. Und Nettigkeit erschüttert die Mädchen, weil das etwas ist, was keine Gegenleistung verlangt.

Arthurs Herz bekam eine leichte aurikulare Extrasystole. Er wollte gerade seine raue Hand, die in der Lage war, jeden beliebigen Motor der Welt auseinander- oder zusammenzubauen (und damit die Herzen der Männer zu erfreuen), auf die etwas mollige von Jeanine legen, als ganz nah ein Stimmchen ertönte:

Scarlett, könnten Sie mir bitte ein Autogramm geben?

Ein kleines rundliches Mädchen stand an ihrem Tisch. Sie streckte Jeanine Foucamprez die Speisekarte für eine Unterschrift hin und schaute die New Yorker Schauspielerin mit Augen voller Liebe und Hingabe an;

Augen eines nassen Hundes, eines Basset Hounds, Unterwürfigkeit und Verehrung; eine Bernadette Soubirous in Miniaturausgabe. Ich habe schon ein Autogramm von Jean-Pierre Pernaut und von den Fatals Picards (die Frankreich 2007 erfolglos beim Eurovision Contest vertreten haben), fügte das Mädchen hinzu, aber noch keins von so einer großen Schauspielerin wie Sie.

Jeanines schöne Augen füllten sich mit Tränen, sie strich mit den Händen über ihr kurzes schwarzes Haar, das die wunderbare Schauspielerin nicht verbarg; der kleine, erschreckte Fan wich zurück, die Schauspielerin sprang auf, ihr Stuhl fiel um; sie flüchtete tränenüberströmt.

Die Lippen des Kindes zitterten, als es fragte: Was habe ich denn Böses gemacht?

Aber Arthur Dreyfuss stand ebenfalls auf, warf Geld auf den Tisch – so wie er es in einem ähnlichen Fall in *Die Sopranos* gesehen hatte – und machte sich an die Verfolgung von Jeanine Foucamprez, so wie man das Glück verfolgt.

Sie saß auf der Kühlerhaube des *Ersatzwagens*.

Arthur Dreyfuss hatte eigentlich keine Worte für so eine Situation. So gut er darin war, eine in Tränen aufgelöste Frau zu beruhigen, deren Auto nicht ansprang, sie angesichts einer verschmutzten Drosselklappe zu beschwichtigen, so schlecht war er darin, den Schmerz eines jungen Mädchens zu reparieren, das weinte, weil ein anderes, in Amerika, sie überrollte, ihr ihr Leben raubte. Er riskierte es, die Hand auszustrecken. Wagte es, ihr kurzes, jungenhaft geschnittenes Haar zu streicheln, die Quecksilbertropfen unter ihren Augen wie ein Aquarellmaler zu verwischen. Er bemühte sich, ruhig und warm zu atmen, ein Männerding, wie PP, ein Strom, dem sie sich hingeben, in dem sie sich geborgen fühlen konnte; ganz weit weg von der anderen.

Jeanine Foucamprez brauchte mehrere Minuten, um sich zu beruhigen; dann versenkte sie den Blick in den des Autoschlossers, und es wurden stumme Worte ausgesprochen. Sie ließ sich langsam von der Kühlerhaube herabgleiten, stellte sich auf Zehenspitzen und wuchs, wuchs, bis ihre samtigen Lippen die von Ryan Gosling, *nur besser*, berührten.

Es war ein echter erster Liebeskuss.

Dieser wunderbare Kuss ließ Arthur Dreyfuss die Enttäuschung im Restaurant schnell vergessen. Sein Herz flog, seine Seele machte Luftsprünge.

Mit der wunderbaren Jeanine Foucamprez neben sich sang er am Steuer aus voller Kehle das Lied mit, das gerade im Autoradio lief:

Il ne faut pas jouer avec l'amour/Il ne faut pas, pas même un jour/Toutes ces larmes que j'ai fait couler/Je ne pourrai les oublier/On comprend toujours trop tard/Qu'un petit mot, un seul regard/En un instant peut tout détruire

Mit der Liebe darf man nicht spielen/Keinen einzigen Tag/Nie werde ich sie vergessen/Die Tränen, die für mich flossen/Man begreift immer zu spät/Dass ein winziges Wort, ein einziger Blick/In einem Moment oft alles zerstört

Eine Schnulze von Valdo Cilli (1950 in Italien geboren, 1958 nach Roubaix gekommen, Sänger in Tanzlokalen und anderen Shows, der seine Sternstunde im ersten Teil eines Auftrittes von Gérard Lenorman hatte; immer noch in Roubaix, wurde er 2008 von einem Herzanfall dahingerafft – ach, wie grausam kann der Norden sein); der sprechende Schwan der Geflügelabteilung lachte schallend, und während sie behutsam die wattigen Felder der Anziehung und des Begehrens betraten, waren sie beide sehr schön.

Nach dem Kitsch von Valdo Cilli hatte Jeanine den Wunsch geäußert, einen Abstecher nach Saint-Omer zu machen, um dem Autoschlosser ihre Tante vorzustellen – die kinderlose Bibliothekarin und Ehefrau eines Postbeamten, der mit dem Verfassen eines Werks über den Kanal von Saint-Omer völlig ausgelastet war. Und da die Anstalt, in die man Arthurs Mutter eingewiesen hatte, auf dem Weg lag, hatten sie beschlossen, auch dort anzuhalten. Einander vorzustellen, wie man sich eine Zukunft vorstellt.

Lecardonnel, Thérèse, war einige Jahre zuvor in der Pflegeanstalt von Abbeville aufgenommen worden, die sich auf alle Sachen spezialisiert hatte, mit denen sich die Psychiatrie befasst: Alogie, Alienismus, Halluzinationen, Psychosen und andere verborgene Schmerzen, Gespenster und kannibalische Ängste.

In der Tat kann der regelmäßige und beträchtliche Konsum von Alkohol (im vorliegenden Fall Martini) eine Wernicke-Enzephalopathie, alkoholische Demenz oder ein Korsakow-Syndrom nach sich ziehen; Letzteres wurde bei Noiyas untröstlicher Mutter diagnostiziert.

Man beobachtete bei Lecardonnel, Thérèse, eine anterograde Amnesie, Orientierungslosigkeit, Wahnvorstellungen und Anosognosie. Sie zeigte euphorische Phasen, aber auch ein Erlöschen der Reflexe und gelegentlich eine Destrukturierung der Sprache.

Sie kamen gegen 15 Uhr an.

Thérèse saß im Garten auf einer Bank. Ihr Kopf wackelte wie der von kleinen Plastikdackeln auf der Hutablage mancher Autos. Eine Decke lag auf ihren Beinen, obwohl es noch mild war. Arthur Dreyfuss setzte sich neben sie. Jeanine Foucamprez blieb im Hintergrund, sie wusste um die Ozeane, die von einer Mutter trennen können. Diese äußerte, ohne ihrem Sohn auch nur den Kopf zuzuwenden: Mein Biskuit und meinen Apfel hatte ich schon, ich habe keinen Hunger mehr, bin voll. Mutter, ich bin es. Die Hunde auch nicht. Keinen Hunger mehr. Alle voll. Fett. Sie haben meine Kinder gefressen. Ich bin Arthur, flüsterte Arthur Dreyfuss, ich bin dein Sohn. Hör auf, Georges, du verführst mich nicht. Alles leer. Kein Herz mehr, Herz verschlungen, stieß sie hervor, immer noch, ohne ihren Sohn angesehen zu haben. Hör auf, gleich kommt mein Mann, ganz wütend. Mein Mann. Weg. Wo ist sein Körper? Der Hund frisst. (Wer ist Georges?)

Jeanines Blick traf den von Arthur; sie lächelte traurig und flüsterte:

Sie spricht; wenigstens spricht sie mit dir.

Arthur Dreyfuss legte sanft die Hand auf die Schulter seiner Mutter, wie ein kleiner Spatz. Sie reagierte nicht. Er war furchtbar gerührt; er machte sich Vorwürfe, sie nicht früher besucht, diese Begegnung ständig aufgeschoben zu haben, wegen eines Ölwechsels, einer technischen Überprüfung, einer verdreckten Kerze in einem Motobécane-Motor; weil man die, die man liebt, immer hintanstellt; mit einem Mal erfasste er die Nichtigkeit der Dinge, und angesichts seiner Mutter, die jetzt in ätherischen, gefährlichen Regionen schwebte, fühlte er sich wie ein schlechter Sohn und schämte sich sehr.

Ich bin gekommen, um dich zu besuchen, Mutter. Um zu hören, wie es dir geht. Wenn du willst, erzähle ich dir

Geschichten. Was aus mir geworden ist, wenn du willst, wenn es dich interessiert. Und ich stelle dir jemanden vor. (…) Ich werde mit dir ein bisschen auf Papa warten.

Bei diesen Worten drehte Thérèse langsam den Kopf zu ihrem Sohn. Dann lächelte sie. Ein hässliches Glück: Zwischen den Lippen fehlte jeder zweite Zahn, die restlichen waren wachsgelb. Das war ein Schock. Mit sechsundvierzig Jahren war Thérèse eine alte verbrauchte, klapprige Frau; Inke, der mörderische Dobermann, war nach fünfzehn Jahren immer noch dabei, ihr das Herz, die Eingeweide und die Seele zu zerfetzen.

Aber plötzlich machte ihr böses Grinsen dem begeisterten Lächeln eines einfältigen Kindes, eines Dorftrottels Platz: Ihr zittriger Finger zeigte auf Jeanine Foucamprez, die nur zwei Schritte von ihr entfernt war, und sie rief mit schluchzender Stimme:

Oh, sieh mal, Louis-Ferdinand, Elizabeth Taylor steht neben dir! Wie schön sie ist … wie schön sie ist …

Elizabeth Taylor trat langsam näher, kniete sich vor die alte Frau von sechsundvierzig Jahren, nahm ihre Hände und küsste sie.

Sie kamen in Saint-Omer an, als die Gemeindebibliothek gerade schloss. Jeanine machte Freudensprünge, als sie ihre Tante erspähte, die in der Jugendabteilung Bücher einräumte, Roald Dahl, Grégoire Solotareff, Jerome K. Jerome; dann stürzte sie zu ihr, die kinderlose Bibliothekarin breitete die Arme aus und rief fröhlich und laut *Jeanine!*

Arthur Dreyfuss lächelte traurig beim Gedanken an seine eigene Mutter, die in ihrem aufgefressenen Körper gefangen auf ihrer Elendsbank saß; seine eigene Mutter, die ihn nicht mehr erkannte, würde nie mehr fröhlich und laut *Arthur!* rufen.

Nach der Umarmung à la Lelouch (*Meine kleine Jeanine! Daba daba dab daba daba dab)* zeigte Jeanine Foucamprez auf Arthur Dreyfuss. Das ist Arthur, Tata. Die Tata lächelte verschmitzt, Jeanine Foucamprez errötete leicht: *Mein Freund*, Tata, Arthur Dreyfuss. In dem Moment, wo dieser Name ausgesprochen wurde, verschwand das Lächeln der Bibliothekarin, ihr Mund zog sich zusammen und bildete ein großes O, aus dem praktisch unhörbar der Name des Freundes entwich: Arthur Dreyfus. Sie sind Arthur Dreyfus? Die Bibliothekarin schien einer Ohnmacht nahe. Arthur Dreyfus? Dann entfernte sie sich schwankend mit kleinen Schritten. Arthurs Herz raste. Was hatte er getan? Verwechselte sie ihn mit jemandem? Weckte er eine böse Erinnerung? Einen vergessenen Schmerz, Schatten der Vergangenheit? Plötzlich fiel ihm der Pariser auf dem Campingplatz Le Grand Pré ein (bei dem ein Reifen des weißen Saab 900 von 1986 und einer des Caravelair Venicia 470 – vier Schlafplätze – unglücklicherweise gleichzeitig geplatzt waren), der jedem, der es hören wollte, erzählte, seine Frau ähnle Romy Schneider, man halte sie jeden Tag auf der Straße an, um über diese Ähnlichkeit zu staunen, zuletzt heute früh die Friseuse des Dorfes, eine Dame namens Plumard oder Placard, und das traf sich gut, weil er selbst die deutsche Schauspielerin für die begabteste, brillanteste und schönste aller Zeiten hielt, woraufhin PP ihn gefragt hatte, was er in einem hässlichen Wohnwagen auf einem muffigen, feuchten Campingplatz voller Mücken suche, wo seltsamerweise ständig Reifen platzten, denn wenn sie wirklich so schön war, würde er, PP, diese Romy Schneider zu Mangroven oder Flammenbäumen entführen, in eine blaue Lagune, wo sie nackt baden würde, Monsieur, auf grüne Inseln mit kühlen Wasserfällen.

Im Wasser/ein Glanz der Liebe, hatte Arthur geflüstert.

Denn wenn ihr Äußeres für Sie so wichtig ist, hatte PP seine Ausführungen fortgesetzt, muss man sie respektieren, ihr schmeicheln, sie anschwindeln, Herr Pariser, dann muss alles um sie herum so schön sein wie ein Schmuckkästchen, ja, so sehe ich das. Sonst muss man die Leute nehmen, wie sie sind, nicht, wie man sie sich erträumt. Und der Pariser hatte gekränkt auf dem Handydisplay ein Foto seiner Frau gezeigt, und weder PP noch Arthur Dreyfuss noch die Frau des Notars (die gerade kam, um zu sehen, ob PP zufällig da war oder genauer, *ob er nicht da war*) erkannten Romy Schneider auf dem kleinen Display. Sieht eher aus wie Denise Fabre in jung!, rief die Frau des Notars, oder Chantal Goya, bis auf die Haare, fügte PP hinzu, findet ihr nicht, sie erinnert irgendwie an Marie Myriam, wenn man flüchtig hinguckt?, und der Pariser steckte schnell sein Telefon ein. Sie übertreiben wirklich, sagte er, sie ähnelt ihr sehr, sogar Monsieur Jipé vom Campingplatz hat es bemerkt.

Die Bibliothekarin war wieder da. Mit plötzlich leuchtenden Augen zeigte sie ihm ein Buch (am 18. Februar 2010, sieben Monate vor dieser Begegnung, erschien bei Gallimard *La Synthèse du Camphre*, der erste Roman eines gewissen Arthur Dreyfus, mit nur einem s). Ihre Hände zitterten. Sind Sie dieser Arthur Dreyfus? fragte die Bibliothekarin, und Arthur Dreyfuss schüttelte den Kopf.

Nein.

Auch wenn ihn für einen ganz kurzen Moment der Taumel einer Illusion verlockt hatte: Nein. Ich bin nicht dieser Arthur Dreyfus, mein Name schreibt sich mit zwei *s*, und ich bin Autoschlosser; *meine Hände/machen keine Wörter*.

Jeanine kam näher, griff nach dem Buch. Was ist das?

Die Tante lächelte und entschuldigte sich für das akustische Missverständnis, ich bin dumm, ich dachte ganz kurz, Sie wären er, Sie *könnten* er sein, Sie würden sich vielleicht in die Rolle einer Ihrer Figuren versetzen, von mir aus eines Autoschlossers, für Ihre Recherchen, Ihren nächsten Roman, es tut mir leid.

Worüber sprecht ihr? wiederholte Jeanine, diesmal lauter.

Ich träume schon so lange davon, einem Autor zu begegnen, fuhr die Tante fort, einem echten, nicht unbedingt einem berühmten, aber hierher kommt nie einer, es ist zu klein, zu abgelegen, zu feucht, kein Budget für eine Aufwandsentschädigung, höchstens für eine Mahlzeit, aber unter fünf Euro, das reicht nicht einmal für das Tagesgericht, es ist schade, ein Sandwich ist teurer als ein Taschenbuch; ich weiß ja, dass man essen muss, aber man braucht doch auch Träume, hier fallen jährlich sechzig Zentimeter Regen, die Durchschnittstemperatur beträgt kaum zehn Grad, und die Keramik des Musée Sandelin kann keiner mehr sehen, ein Autor dagegen lässt einen träumen, die Worte finden wieder ihre Anmut und plötzlich münden Alltag, Regen und Durchschnittstemperatur in Poesie.

Nach einem kurzen Händedruck
Ist er auf Reisen gegangen
Geblieben sind nur die Dinge.

Ein Buchstabe weniger, und du wärst ein Schriftsteller, flüsterte Jeanine Foucamprez mit einem trüben Lächeln. Du wärst jemand anderes. Wie ich.

Die Nacht brach herein.

Nachdem sie sich vor der Bibliothek von Saint-Omer von der Tante verabschiedet hatten, machten sie sich wieder auf den Weg. Die Tante war mit dem Fahrrad losgefahren (ein Fahrzeug, das sie unabhängig vom Wetter jeden Tag benutzte – aus Solidarität mit dem Briefträger und aus Liebe zum Verfasser der Geschichte der Kanäle von Basse- und Haute-Meldyck, die zum Canal de Saint-Omer geworden waren).

Im *Ersatzwagen* stellte Jeanine beide Füße auf den Sitz, wie man sich manchmal zusammenkauert, wenn man das Bedürfnis hat, sich zu sammeln. Oder wenn man innerlich friert.

Einmal wollte ich nach Amerika fahren, um sie zu treffen.

Ich wollte, dass sie sich sieht. Dass sie sich vorstellt, wie mein Leben wohl sein mag mit ihrem Gesicht. Ihrem Mund, ihren Wangen, ihren Brüsten. Ich dachte, dass es auch für sie erschreckend sein könnte, die Tatsache, dass es sie doppelt gibt. Sie sollte erfahren, dass sie nicht einzigartig ist. Nicht einmalig. Vor drei Monaten hat die Redaktion von *Beauté Conseil* sie zur *schönsten Frau der Welt* gekürt. (Sie lächelte bitter.) Ich bin die schönste Frau der Welt, Arthur. Die schönste Frau der Welt, und mein Leben ist das beschissenste der Welt. Was trennt uns, sie und mich? Die Tatsache, dass ich zwei Jahre nach ihr geboren bin? Zwei Jahre zu spät? Dass sie das Licht ist, ich der Schatten? Warum tauschen wir nicht unsere Leben?

Draußen die nackten unendlichen Felder, wo man in einem Monat das Getreide aussäen würde. Auf der Windschutzscheibe ein paar schwere Regentropfen; aber das Gewitter würde nicht losbrechen.

Am Ende bin ich nicht gefahren. Wozu? Um mir sagen zu lassen, dass ich aufhören soll, ihr ähnlich zu sein? Legen Sie sich eine andere Nase zu. Einen anderen Mund. Setzen Sie farbige Linsen ein, Fräulein Landei. Lassen Sie sich die Haut pigmentieren. Verkleinern Sie Ihre Titten. Machen Sie, dass Sie wegkommen! Hören Sie auf, ihr ähnlich zu sein. Finden Sie sich selbst. Finden Sie Ihre kleine Seele. Verschwinden Sie von hier, hauen Sie ab. Hören Sie auf, ihr ähnlich zu sehen, Sie schaden ihr. Ähneln Sie doch jemand anderem, wenn Sie wollen. Ähneln Sie sich selbst.

Arthur Dreyfuss dachte an die Gesichter, die ihm manchmal in Zeitschriften oder in den Galeries Lafayette in Amiens begegnet waren, an die Frauen, die sich, um anderen ähnlich zu sehen, die Wangenknochen abschleifen oder Backenzähne ziehen ließen, um die Wangen auszuhöhlen, als Verheißung von Wollust die Lippen aufblasen und die Augenlider herunterziehen ließen wie einen Vorhang vor der verlorenen Jugend, den verlorenen Illusionen; plötzlich schien ihm Jeanines rosige Frische als wahre Schönheit: die Selbstachtung.

Am Ende bin ich nicht gefahren. Und wenn sie Mitleid

gehabt hätten? Weil ich vielleicht ein Monster bin. Sie hätten mir angeboten, ihr Double zu sein. Ihr Schatten. Der Schatten ihres Schattens, wie bei Jacques Brel. Ich wäre ins Balthazar oder ins Mercer geschickt und an ihrer Stelle von den Schmeißfliegen verfolgt worden, während sie heimlich zu einem neuen *boyfriend* rennt. Ihr Double in den Sexszenen. Dabei ist sie in den Filmen eher lau. Sie zeigt nie ihre Brüste. Weißt du, wir haben fast die gleichen Maße. Sie hat 93-58-88. Und ich 90-60-87. Mit meinem Kopf finde ich nicht einmal einen Job, Arthur! Ich bin gerade gut genug, als dumme Tussi in Supermärkten oder Brautkleidern herumzustöckeln, und es gibt keinen Kerl, der nicht versucht, mich anzufassen oder mich in sein Bett zu ziehen, um zu sehen, wie es sich anfühlt, Scarlett Johansson zu poppen. Entschuldige. Ich bin ordinär. Weil ich traurig bin.

Arthur Dreyfuss war auch traurig.

Was würdest du machen, wenn du sie wärst?

Da streckte Jeanine Foucamprez ihren wiedergefundenen Körper und lächelte. Endlich.

Was für eine blöde Frage. Aber lustig. Also: 1.) Ich würde mich umbringen, um die hier anwesende Jeanine Isabelle Marie Foucamprez EIN FÜR ALLE MAL in Ruhe zu lassen. 2.) Ich würde alle Kopien von *Lovesong for Bobby Long* verbrennen, in dem ich mich unterirdisch schlecht finde. 3.) Ich würde nicht mit dem kleinen Kieran Culkin schlafen. Todsicher nicht. 4.) Ich würde versuchen, eine Platte mit Leonard Cohen zu machen. 5.) Und einen Film mit Jacques Audiard. 6.) Ich würde aufhören, Werbung zu machen, die einem vorgaukelt, dass man mit einer Vuitton-Tasche oder L'Oréal-Crème schöner ist. 7.) Ich würde den kleinen Mädchen erklären, dass nicht die Schönheit liebenswert ist, sondern die Lust, und dass es, wenn sie Angst haben, immer ein Lied gibt, das ihnen das Leben retten kann. 8.) Ich würde eine Platte mit all diesen Liedern herausbringen. 9.) Ich würde einen Film für meine große Schwester Vanessa produzieren und meine Mutter unendlich verwöhnen! 10.) Ich würde den Leuten sagen, sie sollen Barack Obama in zwei Jahren wiederwählen, und 11.), weil ich mit meinen ganzen Starrollen sehr, sehr reich wäre, würde ich in ein Flugzeug steigen, First Class, mein Lieber. Ich würde den ganzen Flug lang Taittinger Comtes de Champagne trinken. Ich würde Kaviar naschen. Und ich würde hierherkommen. Ich würde wie Grace Kelly meine Karriere abbrechen und bei dir bleiben. Wenn du willst.

Arthur Dreyfuss war überwältigt.

Er stoppte den *Ersatzwagen* am Straßenrand, ließ den Motor laufen und sah sie an. Sie war schön, und ihre Wangen glänzten, Tränen traten in seine Autoschlosseraugen, und er sagte danke. *Danke*. Denn wenn selbst Follain es in seinen wunderbaren Wortverbindungen nicht verwendete, musste es ein seltenes, kostbares Wort sein, ein wunderschönes Wort, das sich selbst genügt. Und Arthur Dreyfuss wollte genau in diesem Augenblick ein seltenes Wort.

Später, als sie wieder losfuhren, fühlte er sich älter.

Sie kamen mitten in der Nacht an. Jeanine schlummerte auf dem Beifahrersitz. Sie fuhren langsam durch Long, bis sie Arthurs kleines Haus an der D32 am anderen Dorfrand erreichten.

Sie hatten unterwegs angehalten, um zu tanken, und bei der Gelegenheit gleich einen Bohnenkaffee (hm, hm) getrunken und ein widerlich weiches Sandwich in Plastikfolie gegessen, dessen Teig am Gaumen klebte; ein Sandwich für Zahnlose, sagte er, und sie lächelte, und dann dachten sie an seine Mutter und fanden sich plötzlich grausam.

Zu Hause angelangt, hatte Jeanine einen leichten Kuss auf seine Wange gedrückt, danke Arthur, das war ein schöner Tag, ich habe mich nicht mehr so wohl gefühlt, seitdem ich mit meiner Tante die Treppe hinuntergeschritten bin und *My Heart Will Go On* (die Originalversion aus *Titanic*) gesungen habe, dann schritt sie die Treppe hinauf zu ihrem Zimmer, wo sie zerschlagen von Müdigkeit und Emotionen ins Bett sank.

Arthur Dreyfuss setzte sich auf das Sofa, auf dem er seit vier Nächten schlief, und schlief nicht.

Was hatte Jeanine Foucamprez mit den wunderbaren Zügen von Scarlett Johansson in seinem Leben zu suchen? Sie hatte ihn hübsch, niedlich gefunden; sie hatte am ersten Abend *cute* gesagt, *you're so cute, so cute*, sie hatte ihn wiedersehen wollen, nachdem er das Fahrrad eines Kindes repariert hatte, und sie war vor vier Tagen einfach so aufgetaucht, bei Anbruch der Nacht, mit ihrer falschen Vuitton Murakami und ein paar Sachen, kaum genug für eine Woche; sie hatten sich einmal geküsst, das war ein Kuss gewesen, um nicht mehr zu zittern, nicht zu weinen, nachdem Scarlett Johansson sie im Restaurant erneut heimgesucht hatte; noch keine Verlobung. Er fand sie anziehend (immerhin Scarlett Johansson), aber auch Jeanine Foucamprez zog ihn an. Er mochte ihre Risse. Ihre Stürze. All die zerbrochenen Dinge im Innern, wie bei ihm. Vielleicht diese Dinge, wie Follain schrieb, *die darauf warten, dass die Schrift sie befreit*. Aber danach. Danach.

Was ist das für ein Leben danach, mit Scarlett Johansson am Arm, die nicht Scarlett Johansson ist, die man aber bis zu dem Moment für Scarlett Johansson hält, wo einen die Vernunft vom Gegenteil überzeugt, denn Scarlett Johansson kann nicht bei der Überreichung des Friedens-Nobelpreises in Oslo (Norwegen) am Arm von Michael Caine und zugleich in Long (Frankreich) sein; sie kann nicht drei Monate lang im Cort Theater in New York (138 West 48th Street) in *A View From The Bridge* von Arthur Miller spielen und zugleich im Écomarché von Longpré-les-Corps-Saints über die Frische einer Goldbrasse diskutieren.

Was ist das für ein Leben danach, mit Scarlett Johansson? Zuerst bist du ihr neuer kleiner Freund und obendrein völlig unbekannt; ein Paparazzo verfolgt dich bis zum Strand von Étretat oder von Le Touquet; das Teleobjektiv entdeckt ein Muttermal an deinem linken Bein in Höhe des Psoasmuskels, zehn Zentimeter unter der Pobacke, und nach Veröffentlichung des Bildes bewundert *Point de Vue* diesen Hinweis auf Adel, *Voici* vermutet einen lustvollen Knutschfleck und *Oops* Hautkrebs. Die Lügen beginnen.

Geist oder Körper, wo ist die Wahrheit? Die Bilder wirbeln durch seinen Kopf. Er stellt sich einen Körper wie einen Mantel vor. Man könnte ihn loswerden, man könnte ihn aufhängen, ihn an einer Garderobe hängenlassen, wenn er einem nicht mehr gefällt. Einen anderen auswählen, der einem besser passt, der präziser und eleganter den Umriss der Seele offenbart. Den Schnitt des Herzens. Aber das gibt es nicht; anstatt ihn sich gefügig zu machen, ihm ein neues Vokabular, neue Gesten beizubringen, trennt man ihn auf. Man arbeitet mit großen Klingen, man stückelt, näht wieder zusammen. Man verfälscht. Der Mantel sieht nach gar nichts mehr aus; ein Lappen, ein jämmerliches Fensterleder. So viele zügellose Frauen träumen davon, etwas anderem zu ähneln. Vielleicht sich selbst, sich selbst in besser. Aber Kummer und Lüge sind immer dabei. Sie verlassen dich nie. Wie eine Claoué-Nase mitten im Gesicht. Wenn man sich selbst verlässt, verliert man sich. Er ahnt das Gewicht des Körpers, das Gewicht ihrer Schmerzen, weil Jeanine immer von ihren spricht; aber in deinem Unglück, Jeanine, bist du schön. Du kennst nicht die Plumpheit der Hässlichen, die wissen, dass sie eigentlich schön sind und dass die Verachtung Blick für Blick, Sekunde für Sekunde auf kleiner Flamme tötet. Du kennst nicht die Schwerkraft der dicken Körper, die sich wie Vögel fühlen. Federn. Düfte. Man müsste wahrgenommen werden, wie man sich selbst sieht: mit dem Wohlwollen der Selbstachtung. Er lächelt. Er spürt, wie die Wörter wachsen, sich aufstellen, um die Veränderung der Welt aufzuzeichnen. Er verspürt große Freude. Er fragt sich, ob ihn Jeanines Zerbrechlichkeit nicht noch mehr erschüttert als ihr wunderbarer Körper.

Die Zartheit eines zitternden Blatts, hatte Follain geschrieben. Die Zartheit eines zitternden Blattes. Deine unglaubliche Zartheit, Jeanine; deine Zerbrechlichkeit, die die Gabe hat, PP in den Bildern seiner Wörter charmant, sogar elegant werden zu lassen; die Gabe, Christiane Planchard und alle Mädchen des Salons anmutig und leicht wie kleine Feen um dich herumschwirren zu lassen; deine Zartheit, die beruhigt; du bist eine Begegnung, die einen rührt, erschüttert. Ihre Schönheit geht einem ans Herz, hat mir Chantal, die Shampooneuse, zugeflüstert, als du deine kurzen Haare entdeckt hast und dem Weinen nahe warst, eine Begegnung, die einen auch toleranter macht; dann hat sie noch gesagt: Aber Schönheit ist auch gefährlich, sie lockt alles an, was sie zerstören kann. Und ich habe begriffen, dass deine Zartheit Gutes und Schlechtes bewirken kann, wie eine Waffe, schlecht zusammengefügte Wörter, wie heute Nacht an der Tankstelle, als dieser vulgäre, stinkende Vollidiot mit ungepflegtem Körper und rostigen Fingernägeln dich angemacht hat wie eine Nutte, weil viele Kerle denken, dass eine Frau mit großem Busen immer eine Nutte ist.

Beinahe hätte Arthur dem stinkenden Arschloch einen Fausthieb verpasst, aber Jeanine hatte ihn mit einem: Lass ihn, mach dir nicht die Hände schmutzig!, daran gehindert, und diese Bemerkung hatte Arthur Dreyfuss gefallen. Er hatte sich wichtig für sie gefühlt. Und das verwirrte ihn am meisten.

Mit Scarlett Johansson am Arm, das heißt, mit Jeanine

Foucamprez, bist du nicht mehr derselbe Mann. Du bist ihrer. Du bist *ihr* Mann. Und Frauen und Männer starren dich an, mal freundlich, oft streng, und fragen sich, warum gerade *der*; was ist an dem so anders; was hat der, was ich nicht habe.

Und wenn sie endlich die Antwort finden, macht diese sie unglücklich, manchmal auch grausam.

Du beraubst sie.

Arthur Dreyfuss schlief in dem Moment auf seinem Sofa ein, als Jeanine Foucamprez aus ihrem Zimmer herunterkam. Draußen brach der fünfte Tag ihres gemeinsamen Lebens an.

Jeanine Foucamprez griff nach der Decke, die auf den Boden gerutscht war, und deckte den Körper des Autoschlossers damit zu, so sanft, wie es Mütter tun, sie erschauerte bei dem Gedanken daran, dass ihre Mutter sie nie mehr umarmt oder gewärmt hatte, seit sie neun Jahre alt gewesen war, seit der Badewanne und dem Fotografenschwein. Dass sie nie mehr in ihren Armen geweint hatte, nie mehr ein kleines Mädchen gewesen war.

Sie setzte Wasser für den Ricoré auf (sie hatten noch keinen Kaffee gekauft, noch keinen Einkauf gemacht, wie man es tut, wenn man zu zweit in einem Haus lebt), sie tunkte zwei Zwiebäcke ein (ohne Butter und Konfitüre, aus besagtem Grund und weil ein zwanzigjähriger Junge, der allein lebt, nicht unbedingt sein eigener bester kulinarischer Freund ist).

Dann schaute sie ihn an.

Seit dem Tag, an dem der Milchtank auf der Autobahn A16 umgekippt war, sie weiß färbte und den Busfahrer der Pronuptia-Tournee zu einem Umweg zwang, der sie nach Long, zu ihrem Schicksal führte, war Jeanine Foucamprez in ihn verliebt und sehnte sich nach dem Lachen des Kindes.

Von der Sekunde an, als sie ihn sah, liebte sie einfach alles an ihm. Seinen Gang, seinen linkischen Körper in der flatternden Latzhose, seine Hände, schwarz von Öl, als trüge er glänzende Lederhandschuhe, seine, so schien ihr, mächtigen Hände (er war nicht von ungefähr der Sohn des wildernden Forstbeamten, des illegalen Anglers); sein schönes Gesicht, so schön, manchmal fast feminin, ohne jeden Hauch von Arroganz: er schien nicht einmal zu wissen, dass er schön war, so arglos war er. Ja, sie hatte sich blöd gefühlt an dem Tag, wie ein kleines Mädchen, das am hinterletzten Ende der Welt gelandet war (*zur Erinnerung:* Long, 687 Einwohner, Gemeinde in der Pikardie, 9,19 Quadratkilometer, Kreis Crécy-en-Ponthieu, wo am 26. August 1346 die berühmte Schlacht von Crécy stattfand, ein wahres Gemetzel, Tausende französische Tote unter dem Pfeilhagel der Bogenschützen von Eduard III. – und das ist ungefähr alles), diese Endstation wo sie, mit ein bisschen Glück, endlich mit einem Netten (einem echten, und das Lachen des Kindes gab ihm diesen Segen) verschwinden konnte. Mit dem sie Scarlett Johansson, die Grausamkeit der Männer, die Feigheit der Männer, die schmutzigen Angebote vergessen konnte.

Vergessen wollte sie den durch das Objektiv des Fotoapparates zerstückelten Körper des Kindes. Die Schamlosigkeit. Die Großaufnahmen. Das Geschlecht, den ganz feinen Einschnitt, wie ein Haar. Den Verrat derer, die sie lieben sollten. Das Im-Stich-lassen, den Schrecken. Ich habe dich all die Jahre gehasst, Mama. Ich habe dein Schweigen gehasst. Es ließ mich erbrechen. Mir in die Haut schneiden. Mir wehtun. Ich stach mir Nadeln in die Lippen. Ich wollte mich zum Schweigen bringen. Wie dich. Ich habe gebetet, dass er dich für tausend Schlampen meines Alters verlässt. Ich wünschte, du wärest tot. Allein. Du wärest hässlich und würdest nach Schmalz stinken. Sag mir, dass du mich liebst, Mama, wenigstens ein bisschen. Sag mir, dass ich sauber bin. Dass ich ein schönes Leben haben werde. Hier, nimm meine Hände. Sieh mal. Ich habe Walzer, Polka, Carmagnole gelernt, Mama, ich kann es dir beibringen. Komm, wir tanzen. Deine Küsse fehlen mir. Der Klang deiner Stimme.

Sie wollte die Medikamente vergessen, die stumpf machen, schmelzen lassen. Den Wunsch verdrängen, eine ganze Schachtel davon zu schlucken, um zu schlafen, wie die schöne Marilyn Monroe, die bezaubernde Dorothy Dandridge. Schlafen und aufhören zu existieren, in der rettenden Stunde. Zerfließen wie ein Aquarell. Verschwinden, davonfliegen; fliegen, bis man irgendwo im Himmel die warmen Arme des blonden Feuerwehrmanns wiederfindet, und endlich alle Tränen fließen lassen. Ich habe so viele Tränen, sie könnten einen Fluss füllen. Genug Wasser, um alle Feuer der Welt zu löschen, damit du nicht verbrennst, mein lieber Papa. Damit du nicht stirbst. Verlass du mich nicht auch. Die Männer sind böse, böse, und um sie verschwinden zu lassen, muss ich verschwinden. Muss mir wehtun. Papa! Es tut weh.

Aber in einer Nacht am Ende von allem, ohne Morgen, sang Céline Dion im Radio dieses erschütternde Lied:

Vole vole petite aile
Ma douce, mon hirondelle
Va-t'en loin, va-t'en sereine
Qu'ici rien ne te retienne
Rejoins le ciel et l'éther
Laisse-nous laisse la terre
Quitte manteau de misère
Change d'univers

Flieg, flieg, kleiner Flügel
Mein Schatz, meine Schwalbe
Flieg davon, flieg ohne Sorge
Nichts hält dich hier zurück
Flieg zum Himmel, flieg ins Blau
Verlasse uns, verlass die Erde
Verlass den Mantel des Elends
Flieg in eine andre Welt

In dieser Nacht spuckte Jeanine Foucamprez die Tabletten aus, die anfingen, sie zu ersticken, das Gift, das sie schon forttrug, schläfrig und träge machte, die acht Gramm Immenoctal, die fünfzig Tabletten Dramamine, entsprechend den Anweisungen des verbotenen Buches (Guillon und LeBonniec, *Gebrauchsanleitung zum Selbstmord*).

Sie erbrach den Ekel vor allem; das Grauen, die Finsternis.

Ein Lied hatte sie zurückgeholt. Ein Lied hatte den Sturz abgefangen, und Jeanine Foucamprez hatte in jener Nacht ihr Heil erkannt: dorthin zurückzukehren, zu dem Tag, als sie ihn erblickt hatte.

Ihren Engel.

Am nächsten Abend kam sie in Long an. Genau um 19.47 Uhr klopfte sie an die Tür von Arthur Dreyfuss, erschöpft, mit schmutzigem Haar und dunklen Augenringen. Aber am Leben.

Jeanine, Scarlett und Arthur

PP warnte sie einige Minuten vorher per Telefon: Der Bürgermeister! Er war in der Werkstatt, mit einer Journalistin und einer alten Schachtel mit der gleichen Frisur wie Björk!

(Wahrscheinlich Mademoiselle Thiriard, der die Schere von Christiane Planchard, überrascht von dem unerwarteten Auftauchen der weltberühmten Schauspielerin in ihrem kleinen Frisiersalon, den sechzigjährigen Pony massakriert und entstellt hatte.)

Ich habe ihnen gesagt, dass du zu Hause sein müsstest, sie sind alle losgerannt, sogar die Alte; sie kommen, okay, bis später!

Er legte auf; Arthur Dreyfuss verzog das Gesicht, Jeanine Foucamprez zuckte mit den Schultern, und erklärte mit einem hübschen Lächeln: Es ist oft so. Ich mache die Leute verrückt.

Es klopfte. Lass mich nur machen, Arthur, und sie öffnete die Tür.

Auf der Schwelle drängten sich Gabriel Népile, Bürgermeister von Long (2008–2014), eine Journalistin des *Courrier Picard* (Ressort Lokalnachrichten, Amiens und Umgebung) und Mademoiselle Thiriard, Englischlehrerin im Ruhestand; alle drei rissen die Münder auf, als sie Scarlett Johansson, umwerfend, in einem Männerhemd – von Arthur Dreyfuss –, mit nackten, glatten, anmutigen Beinen, hohen und glänzenden Wangen und einem Becher Ricoré in der Hand erblickten. *Hello*, sagte sie in perfektem Englisch.

Die alte Stimme von Mademoiselle Thiriard ließ sich vernehmen: Sie sagt uns *guten Tag*.

Hatten wir schon geahnt, zischte der Bürgermeister. *What can I do for you?*, fragte die berühmte Brünette, die eigentlich als Blondine bekannt war.

Mademoiselle Thiriard übersetzte wieder: Sie fragt, *was sie für uns tun kann*.

(Um eine langweilige zweisprachige Version der nachfolgenden Diskussion zu vermeiden, werden wir ab jetzt nur die Übersetzung wiedergeben.)

Ich bin Gabriel Népile, Bürgermeister dieser Gemeinde. Es ist eine Ehre, Sie unter uns zu haben.

Oh, ich danke Sie.

Das sind Madame Rigodin, Lokaljournalistin, und Mademoiselle Thiriard, unsere Dolmetscherin.

Schön zu sehen Sie.

Würden Sie vielleicht einige Fragen von Madame Rigodin beantworten?

Mit Pläsir.

Scarlett Johansson, sind Sie zu einem privaten Besuch in Long oder arbeiten Sie an einem Film?

Ich besichtige mein Freund Arthur.

Ach, Sie wollen sagen, dass Arthur Dreyfuss, unser Autoschlosserlehrling, Ihr Freund ist!

Übersetzt Ihre Dolmetscherin meine Antworten?

Meinen Sie Ihr Liebster?

Ich bin geheiratet.

Das wissen wir, mit Herrn Reynolds. Gut, gut. Also ist Arthur Dreyfuss nicht Ihr Liebster. An welchen Filmprojekten arbeiten Sie gerade?

We Bought a Zoo von Cameron Crowe und *The Avengers* von Joss Whedom. Im neuen Film von Cameron werde ich übrigens singen.

Interessant.

Und ich plane bereits meine dritte Platte, diesmal vielleicht nicht mit Pete Yorn. Und wenn Sie alles wissen wollen, ich trenne meinen Müll. Ich versuche, Bio zu essen, aber ich bin dabei nicht konvulsiv (?). Ich bin nicht schwanger. In meiner Meinung habe ich zwei Kilo zu verlieren. Mein Geschlecht ist nicht ganz nackt, weil ich finde, das ist wie Pornostar, ohne Haar ist es wie Steak, igitt, und ich liebe sehr viel das *Fell* (oder *Büschel* – die Dolmetscherin zögerte) von Maria Schneider in *Der last Tango in Paris* und … Oh, Sie haben das ganze Gesicht im Rot.

Ach? Äh, i-ich … Was gefällt Ihnen besonders in unserer Gemeinde?

Die Werkstatt von die Autos. Und der Arthur.

Werden Sie lange bei uns weilen?

Ich muss in Los Angeles sein, September 22.

Danke. Ich glaube, ich habe keine Fragen mehr, Herr Bürgermeister.

Frau Johansson, dürfen wir mit Ihnen ein kleines Video über unsere schöne Gemeinde aufnehmen, ein kleiner Dorfrundgang in unserer Begleitung für die Webseite des Bürgermeisteramtes? Wir könnten unser schönes Schloss im Louis-quinze-Stil und unser Wasserkraftwerk ansehen, an den Teichen entlangspazieren …

Warum nein?

Tatsächlich. Und ein paar Fotos für unser Gemeindebulletin?

Okay. Wenn jetzt.

Wenn jetzt?

Haben Sie kein iPhone?

Oh, nein.

Ich habe ein Sony Ericsson, das Fotos aufnimmt!

Ericsson-Johansson, es lebe Schweden!

Ich bin von dänischer Ursprung.

Ach, Verzeihung. Tut mir leid. Danke, Madame Rigodin. Sehen Sie, ich stelle mich neben Frau Johansson, also, äh Frau Reynolds … könnten Sie bitte das Foto machen. Bin ich gut zu sehen?

Wollen Sie nicht diesen Becher abstellen?

Ich liebe Ricoré von dem Arthur.

Sagen Sie *Käse*.

Mademoiselle Thiriard!

Sie haben mich zum Übersetzen gerufen, also übersetze ich.

Käse.

So, so. Also, danke, Scarlett, entschuldigen Sie die Störung, aber es kommt schließlich nicht alle Tage vor, wissen Sie, es ist sogar das erste Mal, dass wir einen Star in unserem Dorf haben …

In *Asch der Welt*.

Hmm! Wir hatten Daniel Guichard 1975 …

Ich meine einen richtigen Star, Mademoiselle Thiriard, einen internationalen, mit Oscars … gut, wir verstehen uns. Bravo Arthur, da hast du aber eine mächtig schöne Freundin, eine mächtig schöne Frau, du hast Glück, übersetzen Sie nicht, Ginette (Thiriard, *Anm. d. Red.*); komm mich mal im Rathaus besuchen, wenn du einen Moment Zeit hast.

Rufen Sie mich auch bei der Zeitung an, Arthur, hier ist meine Karte.

Als das Trio verschwunden war, brachen Jeanine Foucamprez und Arthur Dreyfuss in Gelächter aus; ein Lachen mit einer hübschen Melodie, einem Duft von frechen Bengels, der strahlenden Freude harmloser Streiche, die eine glückliche Kindheit ausmachen.

An diesem fünften Tag war schönes Wetter, was Jeanine Foucamprez fröhlich stimmte: Sie hatte Lust rauszufahren; irgendwohin, wo niemand ist außer dir, Arthur, und vor allem nicht Scarlett Johansson.

Zehn Minuten später saßen sie im *Ersatzwagen*. Sie rollten Richtung Südosten, knapp hundert Kilometer weit. Im Auto hörten sie Radio und sangen manchmal die Lieder mit, die sie kannten.

Hast du schon mal für jemanden eine Playlist gemacht, fragte Jeanine.

Nein.

Ich mach eine für dich, Arthur, nur für dich. Das wird die Playlist von der schönsten Frau der Welt, also mir! Und sie lachte verschmitzt; sie wollte endlich auf der Seite des Glücks landen, aber Arthur Dreyfuss vernahm in ihrem Ausbruch ein paar Noten von Traurigkeit.

Sie kamen gegen 11.30 Uhr in Saint-Saëns (Seine-Maritime) an, parkten den kleinen Honda am Rand des riesigen Staatsforstes von Eawy und gingen hinein.

Im Schatten der großen Buchen, deren Stämme zum Teil mehr als dreißig Meter hoch waren, war die Luft frischer: Sie näherten sich einander, ihre Finger berührten sich, ergriffen sich, und so gingen sie weiter, Hand in Hand.

Jeanine schaute ihn lange an. Hier glänzten seine

Augen, sein ungelenker Körper wurde leichter, wie der eines Tänzers, sie hatte das Gefühl, dass er sich über das Laub bewegte wie die Schwimmwanzen über das Wasser; hier schwanden Arthurs Ängste und Unsicherheiten; hier, *unter seinem starken Arm/hielt er eisern/ohne die Bäume anzusehen/die Gestalten der ganzen Welt.* In diesem Wald ist mein Vater verschwunden, einige Zeit, nachdem der Hund Noiya verschlungen hatte. Abends kam ich nach der Schule oft hier vorbei. Ich wartete auf ihn. Er würde wiederkommen, man verlässt sein Kind nicht einfach so, nicht das einzige, das einem bleibt. Ich wartete auf ihn. Ich wartete hier am Abend darauf, dass seine Traurigkeit *sich im Licht verliert*, dass sie im *Schluchzen des Windes* schwindet. Die Freude muss siegen.

Jeanine wich nicht von seiner Seite. Es gibt auch untröstlichen Kummer.

Hier erinnere ich mich am besten an ihn. Hier sprach er, er flüsterte den Baumstämmen etwas zu. Er erzählte mir den Wald. Das alles war früher ein riesiger Eichenwald; aber der Krieg hat ihn mit seinen Bomben skalpiert, geschoren, und die Menschen haben Buchen nachgepflanzt, die schneller wachsen, weil sich die Menschen vor der Leere und dem Geschorensein fürchten, das an Schande und Verrat erinnert. An alle unsere Niederlagen.

Obwohl ihre Körper sich wärmten, zitterte Jeanine. Die Worte des Autoschlossers erschütterten sie, waren unerwartet wie die wunderbaren Noten, die ein kleines Kind einer Geige entlockt.

Er zeigte mir Eschen, Weißbuchen, Ahorn und Maulbeerfeigen. Ich mochte die Wildkirschen, weil man sie auch *Vogelbeerbaum* nennt. Ihr Lichtbedürfnis ist so stark, dass sie schneller wachsen als die anderen. Wie du, Jeanine; und wie ich.

Sie erschauerte.

Ich habe auf meinen Vater gewartet und nach oben geguckt. Ich war überzeugt, dass er wie Calvinos Baron in einen Baum geklettert war.

Wie wer?, fragte sie.

Das ist aus einem Buch, ein kleiner italienischer Baron von zwölf Jahren, der beschlossen hat, in einem Baum zu leben.

Sie lächelten beide; sie befanden sich wieder in der Zeit davor, dieser Zeit, die Paulhan so hübsch im Titel einer Novelle zusammengefasst hatte: *Ziemlich langsame Fortschritte in Liebesdingen*.

Ich dachte, dein Vater ist tot, Arthur; das dachte ich.

Ich weiß es nicht, Jeanine. Vielleicht. Kann man tot sein, wenn es keine Leiche gibt?

Jeanine stellte sich vor Arthur, ihre kalte Hand streichelte sein schönes Gesicht, streichelte den Hauch, der zwischen seinen Lippen entwich, streichelte die Winzigkeit, die sie noch trennte; sie küssten sich nicht, alles war ohne Kuss perfekt; dann legte sie den Kopf an seine Schulter; sie kreuzten die eindrucksvolle Allée des Limousins und drangen tiefer in die feuchten Schatten des Waldes ein; sie liefen langsam, ein wenig schwankend, wegen des Größenunterschieds, aber auch, weil es am Anfang einer Liebesgeschichte nie ganz einfach ist, absolut synchron zu sein. Man muss lernen, sich zuzuhören, nicht nur den Worten, auch dem Körper, seinem Tempo, seiner Kraft, seiner Schwäche und seinem Schweigen, das einen aus dem Gleichgewicht bringt; man muss ein wenig von sich selbst einbüßen, um sich im anderen wiederzufinden.

In *Sommer '42* gibt es einen fünfzehn- oder sechzehnjährigen Jungen, Hermie, der Film spielt in Neuengland, es ist Sommer. Er lernt eine Frau kennen, Dorothy, ihr Mann ist im Krieg, Arthur, ich fang gleich an zu heulen, der Arm des Autoschlossers drückte sie noch fester, er versucht, sie zu verführen, obwohl sie doppelt so alt ist wie er, Jeanine schniefte leise, und obwohl sie sehr in ihren Mann verliebt ist. Am Ende bekommt sie ein Telegramm, in dem steht, es ist so weit, die erste Träne fließt, ich bin so bescheuert, dass ihr Mann … tot ist, Arthurs Hand zermalmt fast die ihre, seine Worte, um sie nicht zu unterbrechen, also … also sie schläft mit dem Jungen, es ist so schön, so schön, Arthur, es ist … und dazu diese unglaubliche Musik, ein *lento*, genau im Tempo eines schlagenden Herzens. Am Morgen ist sie weg. Sie hat auf einem Zettel ein paar Zeilen zurückgelassen. Sie werden sich nie wiedersehen. Arthurs Finger, deren Kuppen trotz der Werkzeuge und Motoren erstaunlich zart sind, wischen die Tränen des schönsten Mädchens der Welt ab; seine Finger zittern.

Warum ist das Glück immer traurig?, fragte er.

Vielleicht, weil es nie von Dauer ist.

Sie kehren zum *Ersatzwagen* zurück (sie haben niemanden getroffen, weder vorhin noch jetzt, und Arthur ist stolz darauf; sie hatte sich einen Ort ohne Scarlett Johansson gewünscht); sein Handy klingelt, und er zögert ranzugehen, wegen der feierlichen, betörenden Schönheit des Augenblicks, vielleicht auch der Nähe seines Vaters, aber da ihn sonst nie jemand anruft, ahnt er etwas Wichtiges. Entschuldige, Jeanine. Hallo?

Es ist die Oberschwester der Klinik in Abbeville.

Ihre Mutter hat ihren linken Unterarm aufgegessen, und sie verlangt nach Elizabeth Taylor.

Autophagie, sagte die Schwester fünfundvierzig Minuten später in dem Gang, wo sie sie erwartet hatte – ein Krankenhausgang, kennen wir alle, Neonlicht, grünliche Gesichter, schlechte Nachrichten und manchmal ein Lächeln in einem erschöpften Gesicht, eine Chance, ein paar Monate mehr, dann möchte man die ganze Welt umarmen; der Arzt hat sie untersucht, er spricht von Demenz, wir warten auf die Untersuchungsergebnisse, aber das Gewicht ihres Gehirns ist schon sehr zurückgegangen.

Arthur Dreyfuss war zum Heulen.

Er stellte fest, dass er seine Mutter nicht kannte; diese alte Frau von sechsundvierzig Jahren mit den verlorenen Zähnen, die ihren Arm aufaß, wie ein Dobermann ihre Tochter aufgegessen hatte; er wusste nichts von ihr. Mochte sie Mozart, die Beatles oder Hugues Aufray? Bevorzugte sie Wein aus der Schweiz, Savoyen oder Burgund? Hatte sie Allergien gehabt, die Windpocken, hatte sie sich gewünscht, aus Liebe zu sterben oder aus Verlassenheit? Hatte sie *Der Baron auf den Bäumen* gelesen, *Sommer '42, La Demoiselle d'Avignon* oder *Angélique* gesehen, wer hätte sie sein mögen, Marthe Keller oder Michelle Mercier? Hatte sie Sex gemocht, gern zugesehen, wie die Flugzeuge vor den Tretern von Roger Gicquel abstürzten, mochte sie Pierre Lescure, Harry Roselmack, Salade niçoise, Blätterteig mit Räucherlachs von Picard, *Kalb el louz* (Grieskuchen mit Mandeln und Honig), die Lieder von Michel Sardou, von Jacques Dutronc, und mich und mich und mich, liebte sie mich? Auf dem Weg zu dem Zimmer, in dem sie lag, wurde Arthur Dreyfuss bewusst, dass er sie schon zu Lebzeiten verloren hatte, dass er sie im Fluss ihrer Tränen (und des Wermuts) hatte abdriften lassen, dass seine ungeschickte und vage Sohnesliebe die durch den Tod von Noiya, *Schönheit Gottes*, gerissene Lücke nicht ausgefüllt hatte. Er spürte plötzlich die für immer verlorenen Jahre; die Worte, die Gesten, die großzügige Zärtlichkeit, alles, was vor Katastrophen schützen kann. Arthur hatte jahrelang auf seinen Vater gewartet, indem er die Wipfel der Bäume betrachtete, ohne zu sehen, dass sich seine Mutter zu seinen Füßen auflöste; und da fing er an zu weinen, schwere, dicke Tränen, wie die eines Kindes, das plötzlich begreift, obwohl Jeanine ihm etwas früher an diesem Tag zugeflüstert hatte, dass nichts ewig dauert: eine Mutter, ein Vater und die erschreckende Sanftheit der Dinge.

Er zögerte, Jeanine nahm seine Hand und führte ihn in das Zimmer wie in eine Kirche, und sie erschraken: Lecardonnel, Thérèse, war an ihrem Bett angebunden. Ihr linker Arm war vollständig bandagiert – später würde man Verpflanzungen machen, hatte die Schwester gesagt, und, falls sie nicht angehen sollten, amputieren, eine Prothese anbringen und wieder trainieren. Ein Röhrchen führte in ihre Nase, ein anderes kam aus dem rechten Arm. Die Kontrollgeräte neben ihr sendeten gleichmäßige Geräusche, bedrohlich und beruhigend zugleich, und auf ihrem Gesicht offenbarte sich unter der Haut, zart wie Klöppelspitze ein zweites Gesicht, das des grinsenden Todes.

Ich lasse Ihnen ein paar Minuten, sagte die Schwester, beim geringsten Problem drücken Sie da, auf diesen Knopf, dann kommt sofort jemand.

Sie ging hinaus.

Jeanine wandte sich an Arthur, sprich mit ihr, Arthur, es ist deine Mutter, sie hört dich, sie braucht deine Worte, wie vorhin, im Wald.

Ich habe keine Worte für sie, Jeanine, keine Worte, ich bin entsetzt.

Also trat die, deren Körper die Köpfe und die Welt verdrehte und die Herzen begeisterte, deren Körper das Schlimmste wie das Beste magnetisch anzog, an das Bett, an den moribunden, reglosen und traurigen Körper, das verwesende Fleisch, und ihre erdbeerroten Lippen öffneten sich:

Madame, ich bin Elizabeth Taylor. Ich bin Ihre Freundin und auch die von Arthur. Arthur, Ihrem Sohn. Er steht hier, neben mir. Ich bin gekommen, um Ihnen zu sagen, dass er Sie liebt, von ganzem Herzen, mit ganzer Kraft, aber wir beide wissen ja, wie die Jungs sind. Sie trauen sich nicht, solche Dinge auszusprechen. Sie denken, das wäre nicht männlich. Aber mir hat er es gesagt, ich schwöre es Ihnen, Elizabeth, hat er gesagt, ich muss dir was sagen: Ich liebe meine Mutter, und sie fehlt mir, ich verstehe ihren Kummer und ihren Schmerz, aber ich weiß nicht, was ich tun soll, Elizabeth, das hat mir niemand beigebracht, ich würde ihr gern sagen, dass mir Noiya auch fehlt, dass ich sie noch in ihrem Zimmer lachen höre, wie meine Mutter, dass ich mir vorstelle, wie sie größer wird und zum Muttertag schöne Gedichte schreibt und uns eines Tages einen netten Verlobten nach Hause bringt, ich würde meiner Mutter gern sagen, dass ich geweint habe, als Papa fortging, und dass ich, so wie sie, immer noch auf ihn warte und dass wir, wenn er nicht zurückkommt, seinen Baum finden müssen, Papa lebt jetzt in einem Baum, Elizabeth, er wartet auf uns, damit wir alle dort glücklich sind, mit Noiya, die bei ihm ist, auf einem schönen Ast, auf dem zartrosa Blumen wachsen; wir dürfen vor allem nicht traurig sein. Genau das hat Ihr Sohn Arthur Dreyfuss mir, Elizabeth Taylor, gesagt, und auch ich liebe Sie, und es tut mir leid, dass ich Sie nicht früher kennengelernt habe. Denn ich habe auch Leid und Höllenqualen hinter mir. Sobald es Ihnen besser geht, können wir darüber sprechen und gemeinsam auf die warten, die wir vermissen. Einverstanden?

Da kam es Arthur Dreyfuss vor, als hätte sich ein Finger der nur noch teilweise mit dem Unterarm verbundenen linken Hand seiner Mutter bewegt, aber er hätte es nicht beschwören können.

Sohnesliebe ist beängstigend; ihr Ziel ist die Trennung.

Sie tranken in der Cafeteria des Krankenhauses Kaffee; inmitten des Unglücks lachten kleine Mädchen in unförmigen lila GO-Trainingsanzügen, ohne zu verstehen, zitterten Väter wegen zu viel Koffein und zu wenig Nikotin und Liebe.

Sie sahen sich schweigend an; Arthur Dreyfuss fragte sich, warum es im wirklichen Leben nicht plötzlich Musik gibt wie im Kino; Musik, die alles mitreißen würde, die Gefühle, die Vorbehalte, die Scham; und wenn jetzt, da, in der Cafeteria des Krankenhauses, zum Beispiel die aus *Sommer '42* (Michel Legrand), *Poland* (Ólafur Arnalds) oder ein guter alter Leonard Cohen erklungen wäre, hätte auch er sich mitreißen lassen können und es gewagt, die Worte auszusprechen, ihr zu sagen: Ich liebe dich, und sie hätte seine Hand ergriffen und sie geküsst, sie hätte glänzende Augen bekommen und voller Zweifel gefragt: Bist du sicher? Bist du sicher, dass du mich meinst? Und er hätte gesagt: Ja, ja ich bin sicher, ich liebe dich, Elizabeth Taylor, für alles, was du meiner Mutter vorhin gesagt hast, ich liebe dich, Jeanine Foucamprez, für alles, was du bist, für deine Sanftheit, deine Ängste und deine Schönheit. Ich liebe dich, Jeanine. Leider gibt es keine Lebensmusik, so wie es Filmmusik gibt; nur Geräusche, Töne, Wörter, das *Kling* von Kaffeemaschinen, das *rrrr-pffft-rrrr-pffft* der Krankentragenräder und Tränen, manchmal Schreie, die daran erinnern, dass all das hier furchtbar real ist, erst recht in einem Krankenhaus, wo Irre, Notfälle, Angst und endlose Abschiedsszenen aufeinandertreffen, und *von Zeit zu Zeit gibt es Schatten/eine Brust, die sich hebt/einen ungewissen Schmerz/den feinen Geschmack von Ewigkeit.*

Sie sahen sich schweigend an, und obwohl keine Musik zu hören war, nahm Arthur Dreyfuss die Hand von Jeanine Foucamprez, führte sie an die Lippen, küsste sie; er wagte es sogar, seine Zunge ein paar Millimeter rauszustrecken, um ihre Haut zu kosten; sie war parfümiert und süß – *You can leave your hat on* wäre in diesem Moment wunderbar gewesen –, er ertappte sich bei der Vorstellung, ihren ganzen Körper abzulecken, Berge, Spalten, Täler und Wasserfälle. Jeanine gab beim Kontakt seiner Zunge mit ihrer Hand ein köstliches kleines Lachen von sich und zog sie nicht zurück, und ohne ein Wort und ohne Joe Cocker, inmitten von Realität und Äther, weit weg von der Poesie, versuchten sich die beiden in Liebesworten.

Entschuldigen Sie bitte, sind Sie Izzie Stevens?

Die Stimme, die sich entschuldigte, war die einer etwa sechzigjährigen Patientin im Morgenrock; sie zeigte das schlichte, sabbernde Lächeln kleiner Kinder.

Sind Sie Izzie Stevens? Also sind Sie nicht tot? Da bin ich aber froh …

(Um die Merkwürdigkeit dieser Bemerkung zu verstehen, muss man wissen, dass Izzie Stevens eine Figur aus der amerikanischen Serie *Grey's Anatomy* ist, gespielt von der Schauspielerin Katherine Heigl, die von *Vanity Fair* 2007 zur heißesten Blondine des Jahres gewählt wurde; eine Schauspielerin mit den für perfekt geltenden Maßen 90-65-90, die, jedenfalls in den Augen einer

Frau von sechzig Jahren, von denen sie wahrscheinlich zwanzig vor dem Krankenhausfernseher verbracht hat, Scarlett Johansson ein bisschen ähnlich sieht. In Staffel 5 der Serie wird Izzie Stevens von einem Hirntumor befallen und für tot erklärt.)

Sie sind also nicht tot?

Jeanine Foucamprez brauchte ein paar Sekunden, um zu verstehen und um zu bestätigen, nein, sie sei nicht tot. Die Frau im Morgenrock stieß einen furchterregenden Seeadlersschrei aus, das sind Sie nicht, das ist nicht ihre Stimme! Nicht ihre Stimme! Sie sind ein Gespenst! Sie sind tot! Dann flüchtete sie trippelnd. (In der Tat wird Katherine Heigls Rolle in der französischen Version von *Grey's Anatomy* von der Schauspielerin Charlotte Marin und nicht von Jeanine Foucamprez gesprochen.) Arthur lächelte; Jeanine zuckte mit den Schultern und verzog traurig den Mund.

Aus mir hat man schon alles gemacht, Arthur, Uma Thurman, Sharon Stone, Farrah Fawcett, vor allem im letzten Jahr, als sie gestorben ist, Catherine Deneuve, Isabelle Carré und sogar Claire Chazal, und so wie du mit deiner Mutter wollte ich nur, dass eines Tages jemand auf mich zukommt und zu mir sagt: Sind Sie Jeanine? Jeanine Foucamprez? Oh, wie schön Sie sind.

Sind Sie Jeanine? Jeanine Foucamprez? Oh, wie schön Sie sind.

Da lächelte die schöne Jeanine Foucamprez so schön wie Scarlett Johansson auf dem portugiesischen Filmplakat von *Nanny Diaries (O Diario de uma baba);* sie stand auf, ging um den Resopaltisch herum und küsste zum zweiten Mal Arthurs Mund – versteckt hinter der Anrichte mit den warmen Speisen klatschte der vergessliche Izzie-Stevens-Groupie lautlos und überglücklich, ihre lächelnden Lippen glänzten vom Speichel wie von Lipgloss –, es war ein leidenschaftlicher, kraftvoller, elektrisierender Kuss; ein Kuss voller Leben, inmitten von Schmerz und Angst.

Sie machten sich wieder auf den Weg, nachdem der Arzt die Diagnose bestätigt hatte: Verbreiterung der Liquorräume, Verlust von Purkinjezellen, zentrale Myelinolyse der Pons, Rückgang der kognitiven Ressourcen und zerebrale Alterung; Thérèse versank unabwendbar im Wahnsinn, und da Arthur Dreyfuss zitterte, betonte er, dass man nichts mehr tun könne, sogar wenn seine kleine Schwester Noiya heute unversehrt zurückkäme, würde nichts mehr seine Mutter dem Treibsand entreißen, der sie mittlerweile verschlang. Da überlegte Arthur Dreyfuss, dass er jetzt ein Waisenkind war. Auch wenn man die Leiche des Wilderers niemals gefunden hatte; wenn er vielleicht im Bett einer Frau verschwunden war und jede Nacht von üppigen Armen und unter einem breiten und warmen milchweißen Hintern erstickt wurde, bevor er am Morgen wieder auferstand; oder wenn seine Leiche vielleicht zerfressen war, am Grund der Étangs de Condé verweste oder mit zerfetzten Wangen und ausgepickten Augen am höchsten Ast einer Buche im Wald von Eawy hing, beide Augäpfel im Schnabel eines Raben, über dem sanften Tal der Varenne. Waisenkind.

Sie erreichten Long am späten Nachmittag; am vorletzten Tag.

Als sie an der Werkstatt vorbeifuhren, machte PP ihnen ein Zeichen, sie sollten anhalten.

Na, ihr Turteltäubchen, sagte er lachend (aber an Arthur gerichtet), immer noch im *Urlaub*? Trifft sich gut, Julie (PPs dritte Frau) lädt euch heute zum Grillabend bei uns ein, falls ihr Lust habt, nur ihr und Julies Schwester. Sie liebt das Kino, wird sich gerne mit Angelina unterhalten; was hältst du davon, Arthur?

Arthur Dreyfuss drehte sich zu seiner Beifahrerin um, die amüsiert zustimmte.

Julies Schwester Valérie hatte in den neunziger Jahren schauspielerische Ambitionen entwickelt und sich in Amiens für den Kurs des Théâtre 80 angemeldet, der »ein kollektives und individuelles Erlernen von Schreib- und Inszenierungstechniken« versprach, dazu traditionelles Stimm-, Atem- und Körpertraining. Bei der Jahresabschlussaufführung vor siebenunddreißig Personen machte sie das Lampenfieber sprachlos, woraufhin sie auf Hollywood verzichtete und eine Stelle als Verkäuferin bei Nord Textile fand, wo ihre Atem- und Körpertechnik in der Dessousabteilung Wunder wirkte.

Sie kamen um 19.30 Uhr an; PP war nicht da, er holte gerade Brennholz im Super U von Flixecourt, entschuldigte ihn Julie, er würde gleich wiederkommen; sie brachten eine Flasche Champagner L. Benard Pitois mit, halbtrocken und lauwarm, der einzige, den sie bei

Tonnelier gefunden hatten, und kaum hatten sie den Garten betreten, rief Valérie (siehe oben): Aber das ist doch nicht Angelina Jolie, PP hat Unsinn erzählt, das ist Reese Witherspoon, oh là là, wie schön sie ist! O mein Gott! Sprechen Sie Französisch?

Reese Witherspoon lachte, und ihr Lachen war charmant, schwebend. Ja, Valérie, sagte sie, ich spreche Französisch, und es tut mir wirklich leid, dass ich Sie enttäuschen muss, aber ich bin weder Reese Witherspoon noch Angelina Jolie und auch nicht Scarlett Johansson, obwohl ich weiß, dass wir einander aufs Haar gleichen.

Valérie stellte ihr Glas wieder hin, weil sie spürte, dass dies ein wichtiger Moment war, und weil sie sich wegen ihres Fauxpas etwas schämte.

Ich heiße Jeanine Foucamprez. Ich bin sechsundzwanzig Jahre alt. Ich bin in Dury geboren, wenige Kilometer von Amiens entfernt. Ich habe meinen Vater nicht gekannt, er war Feuerwehrmann und ist vor meiner Geburt bei einem Brand umgekommen, als er versuchte, eine alte Dame zu retten. Er hat mir nur eines hinterlassen. Dieses Gesicht. Meine Mutter hat gesagt, ich sei ein wunderbares Baby gewesen. Dann ein entzückendes kleines Mädchen. Der Bürgermeister von Dury wollte nur wegen mir einen Schönheitswettbewerb für Kinder organisieren. Ein entzückendes kleines Mädchen. Das hat mir Schwierigkeiten mit meinem Stiefvater eingebracht. Hässliche Dinge. Die den Wunsch weckten zu verschwinden. Wie Jean Seberg in ihrem Auto. Danach hat mich meine Mutter nie mehr hübsch gefunden. Nie mehr mit mir gesprochen. Ich weiß nicht, was aus ihr geworden ist. Ich habe bei meiner Tante gelebt. Vor sieben Jahren haben alle mein Gesicht in *Lost in Trans-*

lation entdeckt. Seit der Premiere am 29. August 2003 hasse ich mein Gesicht. Ich hasse es jede Sekunde, jeden Augenblick. Jedes Mal, wenn ein Mädchen mich mit Verachtung anstarrt und sich fragt, was ich habe, das sie nicht hat. Jedes Mal, wenn mich ein Kerl anglotzt und ich mich frage, ob er mich anmachen, mich antatschen, ein Messer oder einen Cutter herausholen wird, ob er verlangt, dass ich ihm einen blase, oder einfach um ein Autogramm bittet. Vielleicht will er mich nur auf einen Kaffee einladen. Nur einen Kaffee. Aber das passiert nie. Er starrt nicht mich an. Er findet nicht mich hübsch. Das bin nicht ich.

Mein Körper ist mein Gefängnis. Ich werde niemals lebendig aus ihm herauskommen.

Jeanine senkte einen Moment den Blick, Valérie hätte sie gern in die Arme genommen, traute sich aber nicht; der Kummer der anderen ist so schwierig. Sie streckte die Hand nach Arthur aus; in dem Moment kam PP mit glänzenden Augen und einem Beutel voll Kleinholz in der Hand in den Garten. Er sah, wie Arthur zu der Schauspielerin ging und ihre Hand nahm, und hörte, wie sie mit etwas heiserer Stimme sagte:

Arthur hat eine sehr schöne Gabe. Er weiß es nicht, aber er kann alles reparieren, was zerbrochen ist.

Alle schwiegen gerührt; dann versuchte PP, der die Einzigartigkeit des Augenblicks nicht begriff, im Knistern der Koteletts, aus denen seit gut einer Minute ein beunruhigend dicker schwarzer Rauch aufstieg, eine Art Scherz, um zur sanften Gewalt der Wirklichkeit zurückzukommen: Das hat er alles von mir gelernt!

Du bist mehr als bescheuert, flüsterte Julie (seine dritte Frau).

Scarlett oder Jeanine

Sie gingen zu Fuß durch die ausnüchternde Frische der Nacht nach Hause.

Nach dieser Offenbarung, nach der eleganten Traurigkeit von Jeanine Foucamprez, ehemals Reese Witherspoon, hatten sie über andere Dinge gesprochen. Natürlich ein wenig über Politik: über Sarkozy, ich verstehe nicht, was die Frauen an ihm finden, hatte Julie gesagt, die selbst sehr hübsch war, alles an ihm ist klein, schwerwiegendes Manko, er soll sich durch Absätze und Einlagen in den Schuhen sieben Zentimeter dazuschummeln; PP, der beim Aperitif schon kräftig zugelangt hatte, erinnerte daran, dass man ihm den Spitznamen *Naboléon* verpasst hatte und dass ihn Strauss-Kahn in zwei Jahren sowieso vernichtend schlagen, ihm eine mächtige Schlappe verpassen würde (lustig, dass PP das sagte, lange vor dem vermeintlich Unschuldigen, dann rein gewaschenen Schuldigen, vor dem gar nicht schlappen, schon in Anschlag gebrachten Penis der Suite 2806 des New Yorker Sofitel im Mai 2011, der Zelle auf Rikers Island, dem Skandal um die Call Girls des Carlton in Lille, den Freundinnen, der Ware, den Zügellosen, vor Dodo la Saumure, Eiffage, der armen Tristane Banon, dem brünstigen Affen und anderen »Fehlverhalten«; vor der menschlichen Niedertracht, dem großartigen und erbärmlichen Absturz, dem aufgedunsenen Gesicht und schließlich der bemitleidenswerten Gehörnten; der Trennung), dann wollten sie über etwas anderes als über diese armen Idioten sprechen. Alles Arschlöcher. Alle gleich. Da könnte man glatt Le Pen wählen.

Julie erzählte, dass Tonneliers Lehrling Christiane Planchard mit Sonnenbrille und einem großen, stark behaarten Braunhaarigen aus dem Ibishotel von Abbeville hatte herauskommen sehen, was PP (fünftes Glas) zu dem Geständnis veranlasste, dass er es, wäre er nicht mit seiner Frau zusammen, und ich bin mit dir zusammen, Julie, glaube mir, ich bin mit dir zusammen, der Friseuse Planchard ganz gern gemacht (das heißt *besorgt*) hätte, wegen eines ordinären Details, das er an ihr mochte, das Wort lag ihm auf der Zunge, o Scheiße, es liegt da, da auf der Spitze, da kniff ihn Julie in den Arm; ihre Nägel spitz wie ein Schlangenbiss. Valérie sprach vom Film (klar, dass sie als Beinahe-Schauspielerin alles aufsaugte – das ist das Wort, das ich suchte, saugen, ihr Mund ist das Ordinäre an der Planchard, eine Schatulle voller Köstlichkeiten, eine lange Scheide, o weh, neuer Biss, Blut perlt am Bizeps des typenoffenen Autoschlossers), Valérie hatte *Avatar* schon dreimal gesehen, und es war für sie das absolute Meisterwerk, ab-so-lut, noch größer, noch unsterblicher als *Die große Sause*, das Meisterwerk der letzten zwanzig Jahrhunderte, aber! Aber kein Vergleich mit *Die große Sause*, sagte ihre Schwester. *Große Sau, Sie!*, rief PP, dem der Alkohol allmählich ernsthaft zu schaffen machte, du kannst die beiden Schwachköpfe nicht mit den Blauen vergleichen! Doch, ich kann, weil es der größte französische Erfolg aller Zeiten war, also zählt das, es ist ein Meilenstein. Ich pfeife auf deine Meilensteine, *Avatar* ist weltbekannt, aber PP, dieser Sack, das ist französischer Kack; sie konnte den 29. September kaum abwarten um *Wall Street: Geld schläft nicht* mit Shia LaBeouf zu sehen, wie gut der aussieht, er ist der schönste von allen, beichtete sie mit Herzmund und roten Bäckchen, zugegeben, der Name ist ziemlich blöd, klingt wie ein Mädchen. *Lilabuff!* oder *Lilamuff!*, schlug PP vor, der schon seit einer Weile 2,2 oder 2,4 Promille erreicht haben musste, aber alle lachten, weil es dumm und albern war und albern manchmal guttut. Das vermindert den Abstand, nimmt die Zurückhaltung.

Dein Muff hat sich bei Megan Fox eine Abfuhr geholt.

Pfff, irgendwann wird er sie schon kriegen, die ist wirklich krank, sie hält sich für Angelina Jolie und lässt sich die gleichen Tattoos machen. Und Michael Douglas soll Kehlkopfkrebs haben, ach ja, ich dachte, einen Tumor an der Zunge, auf jeden Fall wird Zeta-Jones die Kohle einsacken, das ist der Typ Frau, die einen Tattergreis wegen dem Kies heiratet, sie hat mächtig zugenommen, ganz sicher, ich habe ein Foto in *Public* gesehen, wie Nana Mouskouri als Schwangere; was hat sie eigentlich gemacht außer *Zorro*, Zorro?, *Porro*, sabberte PP, was hat sie eigentlich sonst gespielt, na, was eigentlich? Ich habe gelesen, sie sei bipolar, bi, sie ist ganz sicher bi, sagte PP; können wir über etwas anderes reden, das ist ja widerlich! Hör mal, PP, du könntest mal Holz nachlegen, wenn du deine Würste nicht roh essen willst (nach der Karbonisierung der Koteletts hatte PP die Knackwürste geholt, die seine Frau für den nächsten Tag vorgesehen hatte), du Tier! *Lilamuff*, das war gut, oder? *Lilamuff*! Zum Totlachen, PP, zum Totlachen.

Sie aßen weiche Knackwürste und ein paar angebrannte Kartoffeln, während PP im Gras zusammengebrochen war, wo sie ihn wie ein Steak, einen großen Kadaver, für die Ameisen und Würmer liegen ließen.

Später gingen sie zu Fuß nach Hause, die Frische der Nacht ernüchterte sie allmählich, und als Jeanine Foucamprez zitterte, küsste der Autoschlosser sie.

Jetzt sind sie im Wohnzimmer. Sie sehen sich an. Arthur hat Musik aufgelegt, wie im Film. Ihre Augen glänzen. Sie haben Angst, zu schnell vorzugehen. Jede Geste muss vollkommen sein, sonst verletzt sie und hinterlässt eine unauslöschliche Narbe. Sie ist gerührt, ihre Brust weitet sich; eine winzige Atemlosigkeit. Arthur kommt es so vor, als lasse sie einen kurzen Satz, vielleicht ein Wort, in ihrem Unterbauch entstehen, dann an die Oberfläche steigen, erscheinen und wie eine kleine Blase auf ihren unglaublichen Lippen aufblühen, ein Wort, das der Schlüssel zu allem wäre, ein Wort, das alle Vergebung enthielte, die Steine, aus denen die Mauern bestehen, die menschliche Schönheit, aber es ist ein anderes, beinahe grausames, kaum erstickt von der Hand, die sie plötzlich an den Mund führt.

Morgen.

Sie steht tief betrübt auf; dreht sich wie in Zeitlupe um; bedauernd, so scheint es; er sagt nichts, sie verschwindet im Schatten der Treppe, wo unter jedem ihrer Schritte das Quietschen jeder Stufe kaum ausreicht, um das Klopfen des brüllenden Herzens und Arthurs niedergeschmettertes Verlangen zu übertönen.

Allein auf seinem Ektorp, fällt ihm ein Satz ein, den er vor ein paar Jahren in seinem Glückskeks im Mandagon in Amiens gefunden hat; ungefähr so: *Das Warten gleicht Flügeln. Je stärker sie sind, desto länger dauert die Reise* (von dem persischen Dichter Dschalal ad-Din ar-Rumi, 1207–1273). Damals hatte er das albern gefunden.

Aber in dieser Nacht würde er gerne wissen, wie lange das Warten dauert.

Am Morgen des sechsten und letzten Tages ihres gemeinsamen Lebens regnete es.

Als sie herunterkam, war sie angezogen; er machte gerade den Ricoré. Sie küsste ihn auf die Wange (Herrgott, ihr Duft, Herrgott, diese weichen Lippen, Herrgott, ihre Brust, die seinen Bizeps streifte), wir gehen einkaufen, Arthur, und wir kaufen Kaffee, richtigen Kaffee, und sie zog ihn lachend am Arm, und auch wenn euch diese Minute zwischen ihnen banal oder blödsinnig vorkommen mag, stellt sie euch wie Arthur Dreyfuss mit Musik vor, die Ouvertüre der *Orchestersuite Nr. 3 D-Dur* von Bach zum Beispiel, mit Rudolf Baumgartner an der Geige, hübsch gefilmt, Regen im Hintergrund, ihr Lachen, sein Entzücken, zwei schüchterne Verliebte; für ihn eine erste Chance, für sie eine letzte, und später, wenn ihr euch den Film noch mal anseht, werdet ihr euch erinnern, dass der Moment, in dem alles gekippt ist, in dem sie beschlossen, ein gemeinsames Leben zu führen oder es zumindest zu versuchen, genau da gekommen war, in diesem bescheidenen Haus an der D32, ohne Liebesworte, ohne Albernheiten und ohne Theater; nur indem sie den Ricoré abschafften.

Im Écomarché von Longpré-les-Corps-Saints füllten sie zwei Körbe, Kaffee, Zahnpasta (sie benutzte Ultra-Brite, er Signal), Seife (beide mit einer Milchseife einverstanden), Shampoo (für koloriertes Haar für sie, Natur für ihn), eine Flasche Öl, Pasta (sie mochte lieber Pappardelle, er Penne, er nahm Pappardelle), ein Glas Konfitüre (sie mochte Erdbeere, er Kirsche, sie entschied lachend für Johannisbeere: das ist die gleiche Farbe), Toilettenpapier (sie mochte es mit Fliederduft, er hasste das, wollte Natur, sie nahmen beides), Gemüse (ich muss aufpassen, sagte sie lachend, ich bin ein *Weltstar!)*, auch Kartoffeln (ein Autoschlosser muss essen, muss stark sein, und *Ohne Kartoffeln kippst du aus den Pantoffeln* – ein Slogan, den sie zwei Jahre zuvor im Supermarkt von Abbeville in der Gemüseabteilung alle fünf Minuten wiederholt hatte), Schokolade (weiße für beide, sieh da, noch eine Gemeinsamkeit), zwei Becher, auf die von Hand *Sie* und *Er* gemalt war (sie schauten einander errötend an, gerührt und rührend zugleich, und gingen Hand in Hand zur Käseabteilung), Gruyère, Gouda, Comté – 18 Monate gereift. Die Fleischabteilung mieden sie (wahrscheinlich wegen Thérèses verschlungenem Unterarm und der entsetzlichen purpurroten Bilder, die sich sofort wieder aufdrängten, wie eine blutende Nuss, Tartar oder rötlich schimmernde Kalbshoden. Eine gute Flasche Wein (sie kannten sich beide nicht aus, aber ein Kunde, dessen picklige rote Nase von Sachkenntnis zeugte, empfahl ihnen einen Labadie 2007 für 10,90 Euro, ein Médoc mit einer betörenden Note von roten Früchten, sagte er, ein kleines Wunder, das zu allem passt, ach, ich bekomme einen Riesendurst, danke, Monsieur, danke und auf Wiedersehen) und einen dicken, wasserfesten schwarzen Filzstift (Wozu?, fragte Jeanine, Geheimnis, antwortete er, Geheimnis), dann gingen sie zur Kasse.

Die Rechnung war natürlich bedeutend höher als das,

was Arthur Dreyfuss normalerweise ausgab, er würde bis zum Monatsende aufpassen müssen; er dachte trotzdem, was er doch für ein Glück hatte: Es gibt Frauen, denen man Schmuck, Uhren, Taschen schenken muss, nur um ein müdes Lächeln zu erhalten, während Jeanine von Zahnpasta, echtem Kaffee, parfümiertem Toilettenpapier und ein oder zwei Tafeln weißer Schokolade begeistert zu sein schien, von allem, was einem Leben zu zweit Geschmack verleiht.

An diesem letzten Tag ihres gemeinsamen Lebens, der auch der erste richtige war, entdeckte Arthur Dreyfuss eine der einfachsten und reinsten Formen des Glücks: in Gesellschaft eines anderen Menschen zutiefst und völlig grundlos glücklich zu sein.

Wegen des Regens rannten sie zum *Ersatzwagen*; Jeanine wäre beinahe hingeknallt, fing sich aber wie durch ein Wunder (wieder lachten beide – stellen wir sie uns vor zu der Melodie von AaRon, *For every step in any walk/Any town of any thought/I'll be your guide*), Arthur Dreyfuss warf ihr die Schlüssel zu, du bist verrückt, schrie sie, ich habe keinen Führerschein, bin zweimal durchgefallen! Ist doch egal!, rief er; sie öffnete zitternd die Tür, flüchtete sich lachend ins Auto, während Arthur Dreyfuss die Einkäufe im Kofferraum verstaute, vom Regen unberührt, seine Kleidung schon bald wie ein *Feudel*; Arthur, du bist so nass wie ein *Feudel*, hätte seine Mutter gesagt.

Als er in den Wagen sprang, fand ihn Jeanine sehr schön, das Gesicht voller Regenschmisse; Tränen der Liebe. Man muss den Schlüssel reinstecken und drehen, um zu starten, flüsterte er mit seiner sanften Stimme. Sie lächelte, tat, was er sagte, der Motor sprang an. Er legte die Hand auf ihre, um ihr zu helfen, in den ersten Gang zu schalten, und nein, sie würgte ihn nicht ab. Die ersten Kilometer fuhr sie sehr vorsichtig (etwa 17 km/h), und wenn wir erwischt werden?

Wir werden nicht erwischt.

Also schaltete sie in den Zweiten, seufzte vor Glück und beschleunigte allmählich. Mit dir habe ich keine Angst, sagte sie. Der Fahrprüfer war ein übler Typ. Er sagte, ich sei nicht der Typ Mädchen, der hinter das Steuer eines Autos gehört.

Biegen Sie rechts ab, Mademoiselle, und vergessen Sie nicht den Blinker, sagte Arthur Dreyfuss sanft. Sie lachte und bog in die Avenue des Déportés ein.

Halten Sie an der Bushaltestelle.

Aber das ist doch verboten, Monsieur.

Nein, nichts ist verboten, Mademoiselle.

Jeanine Foucamprez hielt in Höhe des Wartehäuschens an, und Arthur Dreyfuss öffnete die Tür, klappte im Regen seine große Gestalt, die aussah wie ein Schauspieler, *nur besser*, auseinander, holte den dicken, wasserfesten schwarzen Filzstift aus der Tasche und ging unter Jeanines belustigtem, neugierigem Blick zu dem Werbeplakat für das Parfüm *The One* von Dolce und Gabanna.

Sie sah, wie er einen Schnurrbart und ein Spitzbärtchen, lächerlich wie die des Duc de Guise, auf das schöne Gesicht von Scarlett Johansson, der Muse des italienischen Paares, malte; er warf ihr den strahlenden Blick eines Buben zu, der jemandem einen Streich spielt, und überschrieb das Wort *One* ganz unten mit einer riesigen 2.

Da schlug Jeanines Herz so stark wie noch nie; sogar

noch stärker als an dem Tag, wo es gerast hatte, als das kleine Mädchen lachte, weil das Licht an seinem Fahrrad wieder die Welt erleuchtete.

Nachdem sie die Einkäufe eingeräumt hatten (Jeanine konnte es sich nicht verkneifen, die Schränke neu zu ordnen, wir müssen auch die Küche streichen, schlug sie vor, ich mag gelb, das wirkt sonnig; Arthur ließ sie machen, sogar als sie drei angeschlagene Gläser, einen angebrannten Topf und eine lächerliche Blechdose mit Spaghettiwerbung – voll mit unnützen Dingen, 1-Franc-Stücke aus einer anderen Zeit, ein Plastiklöffel, eine Bohne vom Dreikönigsfest, ein Stück Rinde einer Wildkirsche, dem *Vogelbeerbaum*, der Zettel aus einem Glückskeks – in den Mülleimer warf; er ließ sie sich einrichten, sich ausbreiten, ankommen, und seufzte jedes Mal entzückt und erregt, wenn sie den Arm nach einem Gegenstand weit oben ausstreckte, eine absolut entzückende Geste, die ihren Brustkorb wölbte, ihren märchenhaften Busen straffte und ganz köstlich ihre blassen Waden anspannte, o Gott, was für eine Schönheit, welch ein Glück, dachte er, während sein Herz wieder raste, ihm tausend Worte in den Sinn kamen, ewige und ganz neue), nachdem also die Einkäufe eingeräumt waren, wurde es Zeit, Kaffee zu machen, einen richtigen, nicht deinen widerlichen Ricoré, Arthur, sagte sie mit der gleichen lieblichen und warmen Stimme wie Charlotte (Scarlett Johansson) in *Lost in Translation*, als sie zu ihrem Mann John sagt: *Mm, I love Cristal, let's have some*, und dieser so erbärmlich antwortet: *I gotta go … and I don't really like champagne*; und die beiden in der Küche, die eines Tages gelb sein würde, lachten; dieser Augenblick, der sich nur sich selber widmet, ist ein Geschenk der Freude, aber sie hörten plötzlich auf, als sie merkten, dass sie vergessen hatten, Filtertüten zu kaufen.

In dem Moment dankte Jeanine Foucamprez dem Himmel und besonders Arthur Dreyfuss für sein hartnäckiges Bestehen auf Toilettenpapier Natur: Stell dir vor, Kaffee mit Fliederduft, *bäh, igitt*, Horror, der reinste Horror. Trotz der kleinen Zellulosefetzen, die in ihren neuen Tassen *Sie* und *Er* schwammen, ehe sie jämmerlich, wie Krümel von Löschblatt, wie Schneeperlen ertranken, erfüllte der Maragogype alle Versprechen von Milde und Fülle; der Kaffee war fruchtig und leicht wie die Luft in Chiapas, wo er lange gereift war, und unsere beiden Gourmets genossen ihn mit geschlossenen Augen, und träumten dabei von den Höhen Guatemalas, subsaharischer Dürre, einem See in Patagonien oder dem tiefsten Winkel Indiens, von Orten auf der Welt ohne Strom, ohne Fernsehen, ohne Kino, ohne Internet, ohne Darty-Elektronik, ohne Marketing, ohne Scarlett Johansson.

Gegen Mittag hörte der Regen auf.

Keine zwanzig Minuten später waren sie in Abbeville, keine zwanzig Minuten, in denen Arthur davon träumte, einen Cabriolet zu fahren, an seiner Seite die schöne Scarlett Johansson, ihre Haare im Wind, ihre Wangen glänzend, glatt und rosig wie zwei kleine *Pink Ladies*. Jeanine streckte die Hand aus dem Fenster und ließ sie in der Zugluft schweben, ihre Haare flatterten im Honda Civic, sie trug einen kurzen Rock, dessen Saum im Wind wogte, vibrierte und die köstliche Blässe ihrer Schenkel enthüllte, Arthurs Verwirrung gefiel ihr sehr; Arthur Dreyfuss war schnell gefahren, hatte sich auf die Straße konzentriert, um diese kleinen erotischen, äußerst unfallfördernden Ablenkungen zu vermeiden.

Ihre Mutter hat gut gegessen, sagte ihnen eine junge Schwester, die sie noch nicht kannten, sie hat den Fisch stehenlassen, aber das Püree aufgegessen; den Sohn der Anthropophagin überkam ein Hauch von Traurigkeit, als ihm einfiel, dass seine Mutter Fisch nicht mehr mochte, seit sie seinen Vater nicht mehr mochte, den wildernden Angler mit Blinker und anderen Buzz Baits. Sie wird ein wenig benebelt sein, warnte die Schwester, sie hat gerade ihre Medizin genommen, aber seit heute früh ist sie ruhiger, obwohl sie zweimal nach Elizabeth Taylor verlangt hat, was darauf hindeutet, dass sie allmählich den Verstand verliert, sagte die Schwester mit gesenkter Stimme, na gut.

Sie verliert nicht den Verstand, entgegnete Jeanine Foucamprez trocken. Ihr Kopf ist voll von wunderbaren Dingen, für die sie nicht die richtigen Worte findet. Das ist alles.

Thérèse lächelte, als sie Elizabeth Taylor ins Zimmer treten sah.

Ihrem Sohn kam es vor, als sei über Nacht das Wenige an Körper, das ihr noch blieb, verschluckt und getrunken worden: Ihre Haut war so dünn, sie war nur noch ein durchsichtiger Vorhang, der nichts mehr vom furchterregend eckigen Kiefer, den Stirnhöckern, dem Joch- und dem Keilbein verbarg; ihr Gesicht war das einer Toten, die noch lächelte, mit eingesunkenen Augen, wie zwei Perlen in der Tiefe eines Abflusses; die Lippen ausgetrocknet und rau wie Schmirgelpapier. Sie brachte mit

Mühe hervor: *gekommen, das ist gut, so schön, Engel, Hunde haben keine Flügel*, dann legte sich der Schleier ihrer Lider über die verlorenen Perlen.

Arthur Dreyfuss und Jeanine Foucamprez nahmen jeder eine Hand – die linke war schon blau und kalt – der Frau, die in den dunklen und beängstigenden Wässern des Kummers ertrank; aber das Erscheinen der atemberaubenden Gloria aus *Telefon Butterfield 8* (mit Elizabeth Taylor) hatte auf ihr verstörendes Gesicht ein Lächeln gezeichnet, das sie nicht mehr verlassen würde.

Später gingen sie in die Cafeteria, holten sich aus dem Automaten zwei Packungen Chips, für sie Natur, für ihn Barbecue, ein Mars, ein Bounty, zwei Kaffee, und während dieser langsam, ganz langsam, tropfenweise (man ist nicht umsonst in einem Krankenhaus) in die Becher floss, schauten sie sich an, und ihr Lächeln brachte ihre Herzen und ihre Ängste einander näher und entfernte sie für einen Moment von allem, was sie verloren hatten, was man bei jedem Schritt verliert: eine Mutter, eine Erinnerung, eine Melodie, eine Liebe; alles, was uns erschreckt, uns zerstört, uns entmenschlicht.

Die Liebe ist das einzige Mittel, nicht zum Mörder zu werden.

Thérèse starb unter ihren Augen, ihre Seele flog auf den Flügeln von Cleopatra Taylor zu der von Noiya; sie sprach nicht mehr, rührte sich nicht mehr; Arthur Dreyfuss hatte sich etwas früher im traurigen Zimmer an den Worten des Abschieds und der Liebe versucht, weil es oft die gleichen sind, aber die Worte hatten wie er Angst gehabt, hatten sich nicht zusammengefügt, da war Jeanine Foucamprez um das Bett herum gegangen, hatte sich hinter ihn gesetzt und als kleine Cyrano mit schwarzen Jungenhaaren, betörenden Formen und Erdbeermund die letzten Worte geflüstert: *Ich bin mit dir glücklich gewesen, Mutter, ich danke dir. Bitte sag Noiya, wenn du sie triffst, dass ich sie liebe, dass sie mir immer fehlt, sie ist unsere Schönheit Gottes.* Arthur Dreyfuss hatte die geflüsterten Sätze wiederholt, aber die Tränen ertränkten mal einen Ton, mal eine Silbe oder ein ganzes Wort.

Ich bin nicht traurig, Mutter, ihr werdet alle drei zusammen in dem großen Baum sein, ich werde euch besuchen. Und Elizabeth wird auch da sein, mit mir, wir werden zusammen kommen, wir werden dich nicht mehr verlassen … Ich hab dich lieb, flüsterte Jeanine Foucamprez. Arthur, sag ihr, dass du sie liebst. Das ist so wichtig. Das verhindert, dass man stirbt. *Ich hab dich lieb*, artikulierte Arthur Dreyfuss, aber sein Mund war voll von Salzwasser, Kummer, Speichel, und das Wort, das unsterblich macht, verflüssigte sich darin.

Das erstarrte Lächeln schien zu vibrieren.

Erschüttert hatte Jeanine Arthur ihr Gesicht zugewandt. So würde ein Kreislauf des Gebens entstehen. Ein Erschauern der Ewigkeit. Man erhält, man gibt. Arthur hatte ihr ein Kinderlachen geschenkt, und sie war diese wunderbare Überlebende geworden. Sie wiederum brachte der ungetrösteten Mutter den Frieden, die selbst die Zärtlichkeit der Welt an die Bewohner der Wildkirsche, den Wind, die Wälder, den Staub, aus dem wir sind, weiterreichen würde. Liebe geht niemals verloren.

Der Kaffee in der Cafeteria tropfte immer noch.

Plötzlich legte Jeanine Foucamprez ihre Packung Chips hin, griff zitternd nach Arthurs Hand, drückte sie mit aller Kraft und setzte mit einer vor Erwartung heiseren und von Angst zerkratzten Stimme der Zeit des Wartens ein Ende:

Ich will mit dir schlafen, Arthur, nimm mich mit.

Sie warteten nicht auf den diensthabenden Arzt, der sie mit Fremdwörtern infiziert hätte, *konfokale Immunozytochemie, punktförmige Herde in der subkortikalen weißen Substanz* oder *cerebrale Stereotaxie*, die er im Bemühen um Menschlichkeit durch ein Litotes zum Ausdruck gebracht hätte: Machen Sie sich keine Sorgen, alles verläuft gut, alles entwickelt sich wie erwartet. Nein. Sie rannten zum *Ersatzwagen*, ohne ihre Hände loszulassen, als würde sich über ihre verschränkten Finger ihr Blut vermischen. Arthur raste los wie ein Krankenwagen, der zwei akut Liebeskranke, zwei Opfer des Kummers transportierte. Sie fuhren die zweiundzwanzig Kilometer in zehn Minuten – ein Durchschnitt von 132 km/h, was völlig unvernünftig war, aber höchst weise, wenn man bedenkt, dass sich das Licht bei einem Blitzeinschlag mit 300 000 km pro Sekunde, ja, ja, pro Sekunde, bewegt und dass diese zwei wie vom Blitz getroffen waren.

Sie blieben mit quietschenden Bremsen vor dem Haus stehen – PP würde morgen sicher wegen des Zustands der Reifen fluchen, aber morgen würden alle sowieso schreien und weinen –, sie sprangen aus dem Rennwagen, sausten ins Haus, wie der Wind an einem stürmischen Tag, und Arthur Dreyfuss stieß mit dem Fuß die Tür zu, die wie ein Donnerschlag knallte. Und plötzlich, nach der Dringlichkeit der Lust, herrschten die Stille und die Reglosigkeit der Lust.

Die zwei bewegten sich wie in Zeitlupe.

Anmutig drehte sich Jeanine Foucamprez um sich selbst, ihr roter Rock flatterte wie ein erstes Blut, ein erstes Mal; ihre langen hellen Beine strahlten einen Moment im Halbdunkel des Zimmers, dann lehnte sie sich ganz sanft an die Wand, schien sich förmlich an sie zu schmiegen, so leicht war plötzlich alles an ihr; ihre atemberaubenden Lippen glänzten, ihre runden und hohen Wangen glänzten, ihre Augen glänzten, als sie Arthur Dreyfuss ansahen, dessen Mund trocken, dessen Herz durchgedreht und dessen Hände feucht waren. Aus Jeanines Kehle entwich ein helles Lachen, eine Ariette, das sanfte Klacken eines Kieselsteins, der in das Wasser einer Quelle fällt, dann, immer noch in Zeitlupe, flatterte sie bis zur Treppe, bis zum zweiten Stock, bis zum Schlafzimmer, zum Bett.

Als er sie einholte, stand sie vor dem kleinen Fenster; ihre zitternden Finger knöpften ganz langsam ihre Bluse auf, wie man die Haut auftrennt, um ein Herz freizulegen. Komm, flüsterte sie, komm, das ist für dich. Arthur Dreyfuss trat schwankend näher. Der schönste Busen der Welt würde sich ihm darbieten. Er würde ihn sehen, berühren, streicheln, vielleicht lecken, beißen, verschlucken; er würde hineintauchen und sterben, ja, dann konnte er sterben; er war nur einen Hauch, einen Kuss von ihr entfernt, als der unglaubliche dunkle Satinbüstenhalter hinabglitt und die zwei Wunderwerke aus Fleisch, diese perfekten Brüste, weiß wie eine Orange, mit hellen Höfen und harten, so lebendigen Spitzen befreite; Jeanine Foucamprez war unwahrscheinlich schön, ihre Brüste waren die wunderbarsten, die Arthur Dreyfuss je gesehen hatte; unglaublich, magisch. Und

Sie und *Er*, schüchtern und warm, waren schön, wundervoll in ihrer Verschämtheit, in ihrem Kindsein, das nur zögerlich verging.

Jeanine Foucamprez nahm die Hand des Autoschlossers, der aussah wie Ryan Gosling, *nur besser*, und legte sie auf ihre linke Brust: Ihm schien, als zitterte sie, aber es war sein Herz, das hämmerte, in Panik geriet, als schlüge ein Vogel in seinem Hals mit den Flügeln, und als sie ihren jungen Liebhaber ermunterte, stärker zu drücken, in die Sanftheit, den Schwindel, die Gier einzudringen, stieß Arthur Dreyfuss einen Schrei, eher ein Röcheln aus, riss seine Hand zurück und flüchtete in den Schatten der Treppe. Er hatte ejakuliert.

Überspringen wir das: »Ist nicht schlimm, das passiert jedem«, weil es für Arthur Dreyfuss schlimm, sogar sehr schlimm war; und dass es jedem passiert, war ihm egal, aber so was von egal.

Es war *ihm* passiert.

Ihm, der den Traum eines Lebens in der Hand gehabt hatte – sechs Sekunden lang, um genau zu sein, ein absoluter Traum seit Nadège Lepetit in der neunten Klasse, seit der 80E von Liane Le Goff auf einem Pferd in der Turnhalle, seit Mademoiselle Verheirstraeten in der vierten Klasse, deren Furche zwischen den zwei Globen ihm hundert Mal, tausend Mal Lust gemacht hatte, eine Träne, ein Tropfen Parfüm oder Schweiß zu sein, um sich dort zu verlaufen. Dieser Traum eines Lebens war auf die erbärmlichste Art, die es gab, geplatzt, war in die Hose gegangen, im Dunkeln und in Schande, wie in den lächerlichen Stunden der Jugend, als er ein ähnliches Fiasko mit einer Hure erlebt hatte.

Aber Jeanines sanfte und rettende Stimme erreichte sein Herz, tilgte seine Schande:

Ich freue mich über deine Lust auf mich, Arthur. Das ist hübsch.

Arthur Dreyfuss erhob sich aus dem Schatten, der ihn wie Asche bedeckte, und kam zu seiner Erlöserin auf das Bett. Sie war nackt und noch schöner, als die Millionen Fotos der halb bekleideten Scarlett Johansson vermuten ließen. Leichter Schwindel überfiel Arthur: Über den wunderbaren Körper hinaus bestand Jeanine aus Wörtern, die einen umwerfen, aus den kleinen Unwägbarkeiten, die das eigentliche Gewicht der Dinge ausmachen. *Beben/Wind/Universum/unbestimmter Schmerz/Zärtlichkeit/Morgendämmerung.*

Er wurde von seinem Missgeschick entlastet, da sie ihm, bevor er wieder eine ernsthafte Erektion bekam, etwas Zeit ließ, in diesen weißen See einzutauchen, diese köstlich fleischigen Ufer zu erkunden, dieses Büschel (oder *Fell?* – selbst die alte Mademoiselle Thiriard, Amateurübersetzerin, hatte gezögert), dieses wuchernde, frohlockende Büschel, das sie natürlich und wild belassen hatte zu Ehren des Büschels (oder *Fells*) von Maria Schneider (im berühmten Film von Bernardo Bertolucci, hatte sie gesagt, 1972 – drei Jahre nach dem Woodstock-Festival, wo, das ist wahr, die Jungs lange und eher fettige Haare und die Mädchen buschige und eher fettige Achseln hatten).

Und Jeanine Foucamprez lachte, gerührt vom entzückten, kindlichen und im Grunde so einfachen Blick ihres Liebsten; es war ein Lachen voller Glück, ein helles Lachen, das im Zimmer weit nach oben flog, abprallte, aller Welt und vor allem dir, Mutter, sagte, siehst du, dein Schweigen hat mich letztendlich nicht beschmutzt; und wenn man ein Lied für diesen fahlen Moment auswählen müsste, wäre es zweifellos *Fuir le bonheur de peur qu'il ne se sauve/Dem Glück entfliehen, bevor es sich davonmacht* von Gainsbourg, mit der dünnen Stimme von Jane Birkin, diese unglaubliche Wehmut, die kaum Jeanines Bitte übertönen würde: Du bist nicht der Erste, Arthur; ich wünsche mir, dass du der Letzte bist.

Währenddessen schrieb Madame Rigodin, die Journalistin des *Courrier Picard* (Ressort Lokalnachrichten Amiens und Umgebung) eine Kurzmeldung für die Website von Long.

Die Kurzmeldung oder das *posting* wurde von einer gewissen Claudette, zwei Kinder, Hobbyautorin des Blogs *Die Wände haben Ohren* getwittert.

Der Tweet, oder *Klatsch aus maximal 140 Zeichen*, wurde von Virginie La Chapelle aufgenommen (Mitglied bei Facebook und ihren Fotos nach zu urteilen Fan von Flavie Flament, Dany Boon, Thomas Dutronc und Bruno Guillon), die ihrerseits auf ihrer Pinnwand den simplen Kommentar schrieb: »Scarlett Johansson ist in Long, TOTALES GLÜCK.«

In den folgenden Sekunden erblühten neben etwa hundert Herdentrieb-*Gefälltmirs* blühende Kommentare: *Long Island?? Wo denn!!! Serre Long?? Scarlett, das ist die Bombe. Wo ist sie?? Sie soll sich von Ryan Reynolds trennen. In der Bucht von Ha Long?? Long wie mein Schwanz? Ich fand* The Island *toll. Was für Titten! Ich habe Scarlett als Real Doll bestellt, endlich kann ich sie abschleppen*. Usw. Elegant. Sehr vornehm.

Und durch das Springen von Freund zu Freund zu Freund landete ein wallonisches Paar, das bei Jipé dem Reifenstecher zeltete, auf der Pinnwand von Virginie La Chapelle. Die Wallonen beschlossen sogleich, eine

Runde um das kleine Dorf zu drehen (9,19 Quadratkilometer), in der Hoffnung, zufällig die sagenhafte Schauspielerin zu treffen, und, warum nicht, sich womöglich mit ihr fotografieren zu lassen, den Étang de la Grande Hutte – das Anglerparadies – im Hintergrund. Ihre Freunde würden vielleicht staunen, wenn sie wieder in Grâce-Hollogne wären (Provinz Lüttich, dessen Einwohner den schönen Namen Graziöse-Hollognesen tragen).

PP, der gerne im Netz surfte, während Julie, seine dritte Ehefrau, sich ihrem wöchentlichen Schönheitsritual hingab (Komplettenthaarung, Peeling, Maske, Nägel, Bimsstein unter den Füßen, Färben, dann ausgiebige Masturbation mit warmem Wasser aus dem neuen fünfstrahligen Brausekopf), PP also, der gerne bestimmte Webseiten mit anzüglichen, verführerischen Namen besuchte, Bilder von molligen Mädchen mit ausladendem Gesäß und anderen hundertprozentig natürlichen Vorzügen, landete *hundertprozentig natürlich* auf einer Webseite, die Schauspielerinnen gewidmet war, darunter Scarlett Johansson. Er erfuhr mit Abscheu, dass Photoshop die Größe ihrer Brüste für die neueste Mango-Werbung bedeutend reduziert hatte: Aus wunderbaren Ballons waren traurige Säckchen geworden. Er schwor sich sofort, nie mehr ein Produkt dieser Handelsmarke zu kaufen. Also wirklich! Das fehlte noch.

Auf derselben Website erfuhr er, dass Scarlett Johansson den Abend des 14. September in Épernay (Marne), hundertfünfzig Kilometer von Long (Somme) entfernt, verbracht hatte, wo sie am nächsten Tag ankam. Daraufhin hatte er eine Eingebung und brüllte in Richtung Julie, die gerade den Brausekopfhöhepunkt erreichte:

Liebling, Arthur belügt uns, das ist nicht Angelina Jolie, es ist Scarlett Johansson!

Arthur Dreyfuss hatte sich ausgezogen und neben sie gelegt.

Sie hatten helle Haut. Blasse Angst. Sie hielten sich an den Händen. Arthur Dreyfuss traute sich noch nicht, die märchenhaften Brüste zu berühren. Sie hatten vorhin davon gekostet, mit dem bekannten Resultat; nein. Er wollte diese lange Zeit des Begehrens, diese Zeit vor den Ereignissen und der Heftigkeit genießen. Er wollte Scarlett Johansson auskosten, sich an ihr berauschen, sich mit ihr volltanken, für ein ganzes Leben; vielleicht würde sie morgen fortgehen, sich vielleicht morgen in Luft auflösen; im Moment war sie da, festgezurrt an seine trockene, starke Autoschlosserhand, wie die seines wildernden Vaters, eine Hand, die dich nicht loslässt, nicht zittert. Er lächelte und wusste, ohne sie anzusehen, dass sie auch lächelte. Bald fingen sie an, im gleichen Rhythmus, im gleichen Takt zu atmen; Musik – etwas Zartes, Klavier, *Köln Concert* von Keith Jarrett zum Beispiel. Aus ihren vereinten Händen strahlte eine neue Wärme, die sowohl aus der Kindheit als auch aus dem Mannesalter und seinen Brandwunden herrührte. Mir ist warm und mir ist kalt, flüsterte er.

Und sie wiederholte: Mir ist warm und mir ist kalt, und sie wussten, dass sie angefangen hatten, sich zu lieben.

Mit dir habe ich keine Angst, Arthur. Du bist sanft.

Du bist schön. Er musste an das Chanson von Barbara denken, dessen Text er damals sehr gemocht hatte:

Viens, viens, je te fais le serment
Qu'avant toi, y avait pas d'avant

Komm, komm, ich schwöre dir
Dass es vor dir kein Vorher gab

Er vergaß sogar das Gesicht von Madame Lelièvremont, die er, ihrem Drängen nachgebend, auf dem Rücksitz ihres Renault Espace genommen hatte, als PP einmal nicht da war, natürlich; Madame Lelièvremont, Frau des gleichnamigen Notars, hatte ihn stürmisch entjungfert, schnell, vulgär, ausgehungert, erregend, *los, mein Kleiner, spritz ab, spritz ab*; das Geschrei hatte ihn verzaubert, er hatte abgespritzt, die Raubkatze hatte gebrüllt, und plötzlich hatte ihm die Heftigkeit der körperlichen Liebe gefallen. Die Schamlosigkeit. Alberts Hure und die Frau des Notars waren seine ersten beiden gewesen, trotzdem flüsterte er in das Ohr der schönen Jeanine Foucamprez: *Vor dir gab es kein Vorher* – das waren die schönsten Liebesworte, die ihm in diesem Moment einfielen, da wandte sie ihm sanft das Gesicht zu und küsste seine Wange: Du bist lieb. Ich fühle mich wohl bei dir. Seine Erektion kam wieder, und sie ließ ein kleines charmantes, geradezu errötendes Lachen vernehmen. Ich bin bei dir, Arthur, ich habe dich auserwählt, dabei weiß ich nicht einmal, was du magst. Ob du … ich weiß nicht. Ob du gegrillten Fisch oder Fleischspieße magst. Die Bücher von Amélie Nothomb, die Platten von Céline Dion oder, fügte sie kichernd hinzu, *Ficelle picarde*.

Jeanine Foucamprez drehte sich auf die Seite, um Arthur Dreyfuss gut zu sehen; ihre Brüste schienen zu gleiten, in Zeitlupe zu fließen, wie Quecksilber. Das war sehr schön.

Ich lese gerne, gestand er, aber zu Hause gab es nicht viele Bücher. Mein Vater sagte, wenn man liest, lebt man nicht, meine Mutter war anderer Meinung. Sie lieh sich Bücher in der Bibliothek.

Was waren das für Bücher?

Delly, Danielle Steel, Karen Dennis, Liebesgeschichten. Sie sagte, dass es die Leere ausfüllt, die Noiya zurückgelassen hatte, und wenn sie weinte, sagte sie, dass die Worte sie reinigen.

Das ist hübsch, sagte Jeanine.

Nein, das ist blöd. Sie lachten. Einmal habe ich in einem Wagen einen Gedichtband gefunden. In einem Unfallwagen. Ich hätte nie gedacht, dass man ausgerechnet da einen Gedichtband findet. Darum habe ich ihn mitgenommen. Ich habe ihn viele Male gelesen. Je länger ich darin las, desto mehr hatte ich den Eindruck, dass alles, was man im Leben entdeckt, schon mit Worten entdeckt worden ist, dass alles, was man fühlt, schon gefühlt wurde. Dass alles, was bevorsteht, schon in uns ist. Jeanine zitterte; er hatte gerade, nicht ohne eine gewisse Wehmut, verstanden, dass uns die Worte immer vorauseilen.

Ich mag deine Sprache, sagte sie.

Eins der Gedichte, sagte er, erzählt von einem jungen Mann, der noch mindestens ein halbes Jahrhundert zu leben hat, und er schreibt: *Er lächelte angesichts der banalen Hoffnung*.

Jeanine wurde wehmütig. Wegen *banal*. Das kündigt

schon das Ende an. Das kündigt an. Sie unterbrach ihn. Er machte sich nichts daraus; die Zeit der neuen Worte würde kommen. Ich mochte Gedichte nicht besonders, hab nur schlechte Erinnerungen aus der Schulzeit. Bossuet in der Fünften. Ponge oder Éponge in der Zehnten. Sie lachte. Dafür gefällt mir Amélie Nothomb. Ich finde sie lustig.

Kenne ich nicht.

Wenn du willst, lese ich dir aus ihren Büchern vor. Céline Dion auch, du weißt ja, ich mag sie, sie hat mich gerettet. Ich bin nicht sauer, wenn du sie nicht magst. Und wenn du sie nicht magst, höre ich sie auch nicht mehr, versprochen (Lachen). Wer ist denn dein Lieblingssänger?

Arthur lächelte; ich habe keinen Lieblingssänger, ich mag einfach manche Lieder.

Zum Beispiel?

Ach, alte Sachen, die PP ständig in der Werkstatt spielt. Aus seiner Jugend. Zum Beispiel *Suzanne* von Leonard Cohen. Reggiani. *Mon vieux* von Daniel Guichard, dann denke ich an meinen Vater, als Alten. Die Kassette ist kaputt, man muss sie mit einem Bleistift zurückspulen, aber PP liebt sie, weil eine Widmung von Daniel Guichard höchstpersönlich draufsteht, von 1975, als er hier war. Auch Stücke von Balavoine. Goldman, Dalida. Peggy Lee auch, die hat mal ein Kunde vergessen.

Jeanine Foucamprez lächelte, näherte sich seinem Gesicht, küsste Arthurs Mund, ihre Zunge war sanft, wirbelnd, wie die Flügel eines Schmetterlings; ihre Augen waren geschlossen, Arthurs waren offen geblieben, er wollte sie sehen, sie betrachten; es gefiel ihm, dass ihre Augen unter den Lidern von rechts nach links, manchmal auch im Kreis flatterten, wie die Flügel in seinem Mund; sie war eifrig, sie war verliebt.

Fährst du mit mir ans Meer?

Ja.

Was ist das schönste Meer?

Ich weiß nicht, ich war einmal mit PP und Julie am Cap Gris-Nez.

(*Für Amateurgeographen und andere Neugierige:* Das Cap Gris-Nez befindet sich zwischen Wissant und Audresselles, im Pas-de-Calais, es gehört zur Gemeinde von Audinghen, 600 Einwohner, im Herzen der Côte d'Opale. An diesem Punkt ist die französische Küste England am nächsten, genau 28 Kilometer von Dover entfernt. Es ist vor allem ein Paradies für Ornithologen, weil man dort im Frühjahr und im Herbst zahlreiche Zugvögel – Ammern, Sperlingsvögel, Drosselrohrsänger, Raubmöwen usw. – beobachten kann; ein Felsvorsprung mit faszinierendem Blick. Allerdings ereignen sich dort viele ziemlich scheußliche Selbstmorde: Nach einem Sturz aus fünfundvierzig Metern sieht der menschliche Körper nur noch aus wie Hundefutter.)

Und ist es schön?

Ja. Es ist sehr schön, weil es keine Häuser und keine Autos gibt, ich habe mir überlegt, dass es dort vor tausend Jahren genauso gewesen sein muss, und das war das Schöne: der Stillstand.

Ich würde liebend gern mit dir dort hinfahren, Arthur.

Morgen, wenn du willst. Wir fahren morgen hin.

Ich mag diesen Moment, sagte Jeanine. Ich mag es, dass du den Stillstand schön findest. Ich habe immer nur eilige Kerle gekannt. In der Sechsten hatte mir ein Junge ein Gedicht geschickt. Ich weiß es noch. *Dein*

Mund hieß es, ich kann es auswendig. Beim ersten Mal musste ich heulen. *Wie eine Erdbeere/im grünen Rasen/Ich hab nur einen Wunsch/er soll mir ein' blasen/Oh, Jeanine, ich lad dich zum Tanz/Oh, Jeanine, nimm meinen Schwanz.* Schwachsinn. So ein Idiot. Solche Idioten. Manchmal denke ich, ich habe den falschen Körper. Weil man ihn mit etwas verwechselt, das ich gar nicht bin. Ich hätte größer, dünner, flacher sein müssen, mit einem eleganteren Körper, weniger … *auffällig* (sie zögerte bei dem Wort), dann hätte man vielleicht versucht zu ergründen, was drinnen steckt: mein Herz, mein Geschmack, meine Träume. Wie die Callas zum Beispiel. Wenn sie eine Sexbombe gewesen wäre, hätte man gesagt, dass sie schlecht singt, dass sie nur Show ist. So nicht. Mit ihrem Gesicht, der großen Nase, dem dürren Körper, den finsteren Augen mochten die Leute ihre Seele und ihren Schmerz. Sie lachte, um nicht ihren eigenen wach werden zu lassen.

Arthur sagte, einmal hat mir mein Vater erzählt, dass ihn der Arsch meiner Mutter gerufen hat, ihre Art, ihn hin- und herzuwiegen wie ein kleines Huhn. Dieser Arsch war der Auslöser des Begehrens. Wer sie war, kümmerte ihn kein bisschen.

Und bei dir? Haben dich nicht zuerst meine Brüste angezogen?

Er errötete.

Und wenn ich hässlich gewesen wär? Gibt es Begehren ohne Körper?

Eine Zeit lang hörten sie nur ihren Atem. *Alles dauerte und blieb von Erwartung erfüllt*, hatte Follain geschrieben. Ich glaube, es gibt auch Begehren ohne Körper, flüsterte Arthur schließlich.

Jeanine schloss kurz die Augen und erschauerte. Dann wechselte sie das Thema, ein kleiner Rettungsanker: Hör mal! Da wir gerade bei meinen Neigungen sind, solltest du wissen, dass ich Marzipan und gefrorenen Baumstammkuchen zu Weihnachten mag. Dass ich immer die kleinen Zwerge erwische, meistens den, der die Säge hält. Dass ich gern irgendwann in die Oper gehen und beim Hören der Musik weinen möchte. Warst du schon mal in der Oper?

Nein, antwortete Arthur Dreyfuss.

Aber würdest du gerne?

Hmm. Vielleicht.

Einmal habe ich *Schwanensee* gehört. Das ist eine sehr schöne Geschichte. Sehr traurig. Ich glaube, der See, das sind die Tränen der Eltern von einem verzauberten jungen Mädchen, das sich nachts in einen Schwan verwandelt, und ein Prinz verliebt sich in sie. Er heißt Siegfried. Es ist so schön. So ... tragisch. Und die Musik ist wunderbar, oh, ich habe so geweint. Es war wie eine Geburt.

Arthur Dreyfuss drückte sich an sie. Weder er noch sie wurden durch seine beachtliche Erektion gestört. Sie suchten sich eine bequeme Stellung, einer in den Armen des anderen, sie lag auf der linken, er auf der rechten Seite, ihre Körper schmiegten sich aneinander, spiegelten sich ineinander, offenbarten die Landkarte ihrer Lust; sie sahen sich an; in ihren Augen glänzte die Zukunft, die sie sich ausmalten, die Musik, die sie erwartete, all die Ewigkeit, die eine Begegnung verspricht.

Ich habe auch einmal geweint, als ich ein Lied gehört habe, sagte Arthur Dreyfuss; mein Vater war schon eine Weile weg, und meine Mutter wartete auf ihn und trank

Martini, im Radio sang die Piaf. Ganz unerwartet fing er an zu singen. Seine Stimme war schön und klar. Jeanine Foucamprez war erschüttert.

Mon Dieu/Laissez-le-moi/Encore un peu
Mon amoureux/Un jour, deux jours, huit jours
Laissez-le-moi/Encore un peu

Mein Gott/Lass ihn mir/Noch ein wenig
Meinen Geliebten/Einen Tag, zwei Tage, acht Tage
Lass ihn mir/Noch ein wenig

Und meine Mutter tanzte in der Küche, sie war nackt, hielt das Glas in der Hand, sie war betrunken, der Alkohol spritzte heraus, und ich fand sie schön in ihrem Schmerz, in der Unverblümtheit ihres Körpers, ihres Elends, sie drehte sich um sich selbst wie ein Kreisel, sie lachte und sang mit der Piaf:

Le temps de s'adorer/De se le dire
Le temps de se fabriquer/Des souvenirs

Lang genug, sich anzubeten/Es sich zu sagen
Lang genug, sich Erinnerungen/Zu schaffen.

Ich sah sie an und fing an zu weinen, dann hat sie mich gesehen und zu sich gewinkt, sie nahm mich in die Arme und tanzte und drehte sich mit mir, drehte sich, fiel hin, ich auf sie drauf, auf ihre trockene, schon kalte Haut, ich weinte, und sie lachte.

Wie alt warst du da?

Vierzehn.

Mein Liebster, flüsterte Jeanine Foucamprez und küsste seine feuchten, glitzernden Lider, mein Liebster. Arthur Dreyfuss drückte den umwerfenden Körper an sich, die sagenhaften Brüste pressten sich gegen ihn, als wollte er, dass sie in ihn eindrang, dass seine Brust überschwemmt wurde, als wollte er sie werden, ihr Körper, diese Brüste, du erstickst mich, stöhnte Scarlett Johansson, aber das ist schön, da umarmte er sie noch fester, sein Penis glitt zwischen ihre Beine, sie hielt ihn gefangen, bewegte sich nicht; er spürte das samtige, wollige Streicheln des irren Büschels (oder Fells) auf seinem Bauch: Hastig dachte er an die kaputte Ölwanne eines Xsara Picasso, die er austauschen musste, um sich von dem abzulenken, was gerade weiter unten, in seinen Eiern passierte. Jetzt keinen Orgasmus, bloß nicht jetzt, aber Jeanines Schenkel rieben ihn sacht, und nach der Ölwanne rief er sich die Bilder verschiedener Politiker, eines überfahrenen Hundes auf dem Chemin de la Chasse-à-Vache hinter dem Campingplatz von Long und des Gesichts von Alice Sapritch in *Die dummen Streiche der Reichen* in Erinnerung, und, Sieg, seine Erektion ging langsam zurück. Magst du nicht, was ich mache?, hauchte sie. Doch, und wie, aber es soll nicht so schnell gehen. Du kannst kommen, weißt du.

Er küsste sie lange auf den Mund, weil er nicht über Lust sprechen, alles in Worte kleiden wollte; Worte waren irgendwie beängstigend. Er hatte es gemerkt, als er versucht hatte, ihr zu erklären, was er bei dem Buch von Follain empfand; als er versucht hatte, sie zu verzaubern, wie am Vortag, als er ihr im Wald von Eawy vom *Baron auf den Bäumen* erzählt und sie sich ihm genähert hatte und ihre Körper versuchten, im Gleichklang zu gehen.

Vielleicht war dies das Wort, das am Anfang war. Das Schweigen.

Dann rutschte Jeanine Foucamprez ans Kopfende des Bettes, um dem Mund des Autoschlossers, der aussah wie Ryan Gosling, *nur besser*, ihren Schatz darzubieten, ihre Brüste, nach denen Milliarden Männer auf der Welt verrückt waren; das ist für dich, sagte sie, ich schenke sie dir, sie sind für dich, nur für dich, und Arthur Dreyfuss küsste die herrlichen Zwillinge mit trockenem Mund, seine Zunge kostete jeden Quadratmillimeter; sein Mund, seine Finger entdeckten die milchige Zartheit, die Unebenheit der Rose, die zwischen seinen Lippen hart wurde, seine Wangen streichelten die Satinhaut, seine Nase tauchte ein, schnüffelte die neuen Gerüche, Puder, Honig, Salz und Keuschheit; Arthur Dreyfuss verschlang Jeanines Brüste, die schönsten Brüste der Welt, und er fing an zu weinen, und sie drückte sein Gesicht an sich, von Liebe erfüllt, gesättigt vom Begehren der Männer, wie die Geste einer Mutter, ich bin da, flüsterte sie, nicht weinen, nicht mehr weinen, ich bin ja da.

So blieben sie, reglos, ineinandergeschoben, aneinandergeheftet, bis ihre Herzen wieder die Ruhe der Zärtlichkeit fanden, bis das Salz trocknete, das ihre Haut aneinanderklebte; dann, kaum hörbar, dankte er ihr, und sie war unendlich glücklich. Ich wünschte, wir könnten für immer so bleiben, das ist Unsinn, das ist unmöglich, ich weiß. Trotzdem wünsche ich es mir. Er freute sich, dass sie das sagte, weil es genau das war, was er dachte.

Dass so etwas nie zu Ende ging. Dass man plötzlich besser mit den Tränen sprechen könnte, weil Worte zu ungeschickt oder zu anspruchsvoll sind, um die Schönheit zu beschreiben.

Ich wäre gerne Schauspielerin geworden, weißt du. Aber das ist vorbei, fügte sie mit einem gespielt fröhlichen Lächeln hinzu. Schauspielerin; kannst du meine Rückseite im Spiegel sehen? Nein, antwortete Arthur Dreyfuss.

Im Film, erklärte sie, sagt er ja. Er sagt zu allem ja, was sie fragt. Und meine Schenkel, magst du sie? Ja. Und meinen Busen, liebst du den auch? Ja. *Unbeschreiblich*, sagt Piccoli in *Die Verachtung* sogar. Was magst du lieber, meine Brüste oder die Spitze meiner Brüste? Ja. Du bist dumm, Arthur, sagte sie lachend. Ich weiß nicht, es ist dasselbe. Liebst du auch mein Gesicht? Ja. Und mein Herz, Arthur, liebst du mein Herz? Ja. Und meine Seele und meine Ängste und mein Verlangen nach dir, magst du sie? Ja. Und die Liebe, glaubst du an die Liebe? Glaubst du, dass ich vielleicht der richtige Mensch für dich bin? Dass ich einmalig, einmalig auf der Welt, selten und kostbar bin, dass ich nicht Scarlett bin? Dass du mich lieben würdest, wenn ich anders aussähe, dass ich wie alle Frauen der Welt meine Chance hätte?

Ja, ja, ja und ja. Du bist Jeanine Isabelle Marie Foucamprez und du bist einmalig und in den letzten Tagen mit dir habe ich die Schönheit der Dinge, die Langsamkeit entdeckt; jetzt *genügt es mir, Riegel und Kreuze der Tore zu berühren/um das Gewicht der unabwendbaren Welt zu spüren*, jetzt kann ich Angst haben, weil Angst vielleicht eine Form von Liebe ist (Jeanines Zeigefinger streichelte seine Lippen, er zitterte), und ich liebe deine Ängste, ich liebe all deine Ängste; uns beiden fehlt etwas, Jeanine, wie soll ich sagen … Originalteile (beide lächelten). Dir fehlt ein Körper, der dir gehört, mir der meines Vaters, der mich vielleicht liebte, es mir aber nie gesagt hat. Wir sind beide gleich. Wir haben uns überschlagen.

Wir sind verbeult.

Jeanine Foucamprez versteckte einen Moment ihr Gesicht im Kopfkissen, sie wollte nicht, dass er ihre roten Augen sah. Glaubst du, wir können repariert werden? Glaubst du an Gott? An das Schicksal? Glaubst du, man kann verzeihen?

Ja, antwortete Arthur, dann besann er sich: Nein, eigentlich nein, das glaube ich nicht. Ich kann meinem Vater nicht verzeihen. Nicht, solange ich ihn nicht sehe.

Dann wirst du immer verbeult bleiben.

Und du, hast du deiner Mutter verziehen?

Jeanine Foucamprez lächelte. Ja. Eines Nachts. Ich habe ihr in der Nacht verziehen, in der ich beschlossen habe, hierherzukommen. In der ich entschieden habe, nicht Schluss zu machen.

Und dem Fotografen?

Er hat mich ja nicht verletzt. Er hat seinen dreckigen Job als Kerl gemacht, das ist alles, er hat mir nicht wehgetan. Der Schmerz war ihr Schweigen. Die Tatsache, dass sie mich nicht mehr berührte. Dass ich in ihren Augen nur Dreck war, hat mir am meisten wehgetan. Damals hätte ich mir gewünscht, dass es einen Gott gibt. Mit seinem kleinen Paradies, seinen kleinen Wattewölkchen, wo man die, die man liebt, wiederfindet. Wo eben nichts mehr wehtut. Glaubst du, dass mein Vater mich wiedererkannt hätte?

Ich weiß nicht, hauchte Arthur Dreyfuss.

Glaubst du, er hätte mich wieder ausgebeult?

Er streckte die Hand aus, streichelte langsam ihre Brüste. Nun hatte er keine Angst mehr vor ihnen. Er betrachtete sie, betrachtete seine Hand, seine Finger; er wog mit der Hand das sanfte Glück, streifte die seidige Haut; er dachte: Das sind meine Finger, das ist mein Zeigefinger, das ist mein Blut, das ist mein Daumen, ich berühre die Brüste von Scarlett Johansson, das heißt, von Jeanine Foucamprez, es ist egal, das sind die gleichen, fast die gleichen, denn diese hier hat weder Josh Hartnett noch Justin Timberlake noch Jared Leto oder Benicio del Toro berührt; *vor dir gab es kein Vorher;* und je länger er sie streichelte, desto mehr verkrampfte sich Jeanine Foucamprez, ihr Mund trocknete langsam aus, ihre Seufzer wurden heiser, ihre Haut bedeckte sich mit winzigen Wassertropfen, die seltsam dufteten; manchmal schien sie die Augen zu verdrehen, Arthur Dreyfuss sah nur noch das Weiße, zwei Augen aus Milch, die ihn etwas erschreckten, aber er wusste seit Madame Lelièvremont, dass die Lust einer Frau, die Welle, hatte sie gesagt, es ist eine Welle, mein Kleiner, eine Ohrfeige, dass sie erstaunliche Reaktionen auslösen konnte, von den sanftesten bis zu den wildesten.

Jeanines Brüste waren wahnsinnig erogen. Arthur Dreyfuss dachte mit Stolz daran, dass die große Erschütterung, der kleine Tod durch das Wirken seiner Finger zustande kamen.

Als sich der märchenhafte Körper in einem Schrei gänzlich zusammenzog und sich dann in einem Röcheln gänzlich entspannte, war Jeanine Foucamprez ganz rot, ihre Stirn glühte; er dachte an ein Unwohlsein, aber sie lächelte wie auferstanden und legte ihre brennende Hand auf die Wange ihres Wohltäters, bitte behalte mich, und Arthur Dreyfuss, den diese Worte erschütterten, brachte nichts anderes zustande als ein Nicken.

Als sich die Welle vollständig zurückgezogen hatte, öffnete »die schönste Frau der Welt« ihren fruchtigen Mund, öffnete ihre fleischigen und glänzenden Lippen und brachte anmutig und luftig leicht, betörend den Satz hervor, den sich kein Mann auf dieser Erde nicht erträumen würde:

Du kannst jetzt zu mir kommen, wenn du willst.

Arthur Dreyfuss packte die Gelegenheit nicht beim Schopfe, obwohl es ihm in dem Moment angenehm gewesen wäre zu ejakulieren; und nun kamen die Worte aus seinem Mund, Worte, die – es würde ihm beim Aussprechen bewusst werden – seine eigenen Liebesworte waren, einfach, ehrlich und endgültig, wenn man sich mit Leib und Seele zum ersten Mal ausliefert: Ich muss dir etwas sagen, Jeanine. Vor dir hatte ich einen Traum. Eine große Audi-Werkstatt in Amiens oder woanders, wenn es sich ergibt – Long ist zu klein, da gibt es nur den Bürgermeister und den Notar und vielleicht Tonnelier, die sich einen Audi leisten könnten; eine schöne Werkstatt, ein sauberer Warteraum mit Ledersesseln und einer Nespressomaschine, mit aktuellen Zeitschriften, nicht solchen alten Heften wie bei PP, mit umgeknickten Ecken, die immer feucht von Spucke sind, gelösten Kreuzworträtseln und herausgerissenen Rezeptseiten; aber jetzt hast du diesen Traum verjagt. Jeanine richtete sich auf. Arthur lächelte beruhigend. Für etwas Schöneres. Was mich nicht mehr schreckt. Ich möchte wieder zur Schule gehen. Ich möchte lernen, wie man die Wörter verwendet. Lernen, die richtigen zu finden, sie zusammenzufügen, um die Dinge zu verzaubern. Wie die Musik. Jeanine erschauerte vor Rührung. Aber ich werde weiter bei PP arbeiten, damit wir Geld zum Leben haben, mach dir keine Sorgen, ich lasse dich nicht im Stich. Ich mach mir keine Sorgen, Arthur. Jeanine Foucamprez zitterte; sie wusste, dass dies die schönstmögliche Liebeserklärung für einen kleinen Autoschlosser von zwanzig Jahren war; sie zog das Laken über ihre glühenden Körper, denn plötzlich war ihr kalt. Sie schmiegte ihr Gesicht an die Schulter des verliebten Autoschlossers und ihr Erdbeermund (im grünen Rasen) flüsterte *ja* in sein Ohr, *ja*, Arthur, ich will, dass die Wörter eines Tages deine Werkzeuge werden, *ja*, ich will, dass du mir immer die Brüste so streichelst, wie du es eben getan hast und *ja*, ich will das Cap Gris-Nez mit dir sehen und die Leute daran hindern abzustürzen, ein abscheulicher Brei zu werden, *ja*, ich will deiner Mutter helfen, sie pflegen, Elizabeth Taylor sein, wenn sie es sich wünscht, *ja*, ich werde mich an die Signal-Zahnpasta gewöhnen und die Penne und das Toilettenpapier Natur, ohne Duft, und alles, was du liebst, alles, was du liebst, und *ja*, ich werde alle Chansons von Céline Dion vergessen, alle von Édith Piaf lernen, Arthur, und von Reggiani, und *ja*, *ja*, *ja*, ich will, dass du mich jetzt vögelst, dass du mich vögelst bis ins Herz, bitte.

Es wurde Abend. Die Schatten draußen verschluckten die Dinge, die Tiere und die Menschen, alle Sünden.

Im einzigen Zimmer im zweiten Stock von Arthurs kleinem Haus verströmte die Blässe der ineinander verschlungenen Körper die elegante Helligkeit eines Gemäldes von Hammershøi (1864–1916, dessen Interieurs einen irrealen Charme, ein magnetisches Licht offenbaren und gewiss die beste Beschreibung des Wortes Melancholie sind; denn eben darum ging es, um *Melancholie*).

Arthur Dreyfuss und Jeanine Foucamprez entdeckten die Liebe.

Es gab nichts Sexuelles mehr in ihrem Liebesspiel – es hatte eher was von dem Tschaikowski-Ballett, das sie zum Weinen brachte, wenn sie von Prinz Siegfried träumte; und wenn Arthur Dreyfuss sie jetzt vögelte, wie sie es sich gewünscht hatte, ja, dann hatte er es auch geschafft, ihr Herz zu berühren.

Linkisch und anmutig zugleich kosteten die beiden jede neue Sekunde aus, aufgewühlt und fasziniert, weil es schon die letzte war.

Jedes erste Mal ist ein Verbrechen.

Sie sahen einander an, sahen die Schatten. Ihre Augen glänzten und sprachen und sagten sich die Dinge, die keiner Worte mehr bedurften. Ihre Schönheit begeisterte sie. Ihre Zerbrechlichkeit schreckte sie. Was sie verloren, brachte sie um. War von nun an die Gewalt der Dinge. Das war dies alles, und es war nur dies.

Jeanine rang nach Luft, Arthurs Herz raste; die Tränen mischten sich mit Schweiß, die Düfte ihrer Körper wurden süßer, schwerer, ein herber vulgärer, köstlicher Saft; sie stöhnte, er schrie; sie weinten; *die Welle, das ist eine Welle, mein Kleiner*, hatte die stürmische Frau des Notars gesungen; die Welle riss alles mit, zerriss alles, zermalmte alles: ihre Eingeweide, ihre letzten Vorbehalte; ihre Körper erbebten und flogen davon, prallten gegen die Zimmerwände; sie lachten, entblößt, zerkratzt, blutig, sie hatten keine Angst mehr, jetzt konnten sie sich verlieren, es war geschehen; jetzt konnten sie sterben; alles andere würde nur Erinnerung sein, der unmögliche Weg, um hierher zurückzukehren, zum einzigen Mal.

Melancholie.

Als ihre Körper auf das durchnässte Bett zurückfielen, als die Feuchtigkeit in Zittern umschlug und die salzige Kälte anfing, ihre Finger klamm zu machen, lächelte Arthur Dreyfuss, leicht berauscht, verliebt, und die Worte, die ein Leben verändern, flogen los:

Ich liebe dich, Scarlett.

Und Jeanines Herz blieb stehen.

Arthur Dreyfuss schlief mit entspanntem Gesicht an dem wunderbaren Busen. Er lächelt wie ein Kind. Jeanine Foucamprez streichelte sein Haar, seine Stirn, seine zarte Haut; sie schlief nicht.

Ihr war, als würde sie von nun an nie mehr schlafen. Sie weinte nicht mehr. Die Tränen waren früher in der Nacht geströmt wie ein reißender Bach, kurz nachdem ihr Liebster eingeschlafen und sein Kopf auf ihren Brüsten schwerer geworden war; und sie hatten all ihre Träume mitgerissen.

Jetzt hatte sie keine mehr.

Ich liebe dich, Scarlett.

Der Tag erwachte hinter den Sümpfen; wenige Wolken, kein Wind: Es würde schön werden, ruhiges Wetter, wie an den seltenen Morgen, wenn Louis-Ferdinand seinen Sohn an den Étang de Croupes oder den Planquesbach zum Angeln mitnahm; in ihren schweigsamen Männermomenten. Jeanine Foucamprez lächelte traurig. Sie hatte vergessen, ihn zu fragen, ob er Tiere mochte. Ich hätte gern irgendwann einen Epagneul Breton gehabt. So ein Spaniel ist nett, weißt du. Er ist intelligent, lebhaft und gehorsam. Und er ist kinderlieb, weil ich auch gerne Kinder gehabt hätte. Und du, du auch Arthur? Ich hätte mir dich gut mit einem kleinen Mädchen, einer kleinen Louise vorstellen können, Louise ist ein hübscher Vorname. So hieß meine Großmutter. Ich kann mich an sie erinnern, obwohl sie starb, als ich erst sechs war. Sie roch nach Mottenkugeln, das war komisch. Einmal habe ich sie gefragt, wie ihr Parfum heißt, da hat sie gesagt, es sei das Parfüm des Wandschranks, stell dir vor, *das Parfüm des Wandschranks.* Jedes Mal, wenn ich sie besuchte, holte sie eins ihrer schönen Kleider aus dem Wandschrank, nur für mich, damit ich sie schön fand, wie schön du bist, Oma! Und sie sagte nein, nein, du wirst das schönste Mädchen der Welt sein, und ich lachte, du erzählst Quatsch, Oma, und sie machte eine Grimasse, verzog den Mund und sagte, lach nicht, Jeanine, das schönste Mädchen der Welt zu sein ist das Schlimmste, was einem passieren kann.

Jeanine Foucamprez schloss plötzlich die Augen und flüsterte vor sich hin: Ich weiß, Oma.

Man macht die Menschen unglücklich.

Sie öffnete die Augen wieder. Und dann habe ich dich gesehen, Arthur, mit diesem kleinen Mädchen, und ich wollte deinen Blick haben, mit diesem Blick solltest du mich anschauen, und du hast ihn mir geschenkt in jeder Minute, jeder Sekunde dieser vergangenen sechs Tage, und ich danke dir dafür. Weil ich mich zum ersten Mal in meinem Leben gefühlt habe wie ich selbst. Ich habe mich glücklich und lebendig gefühlt und so sauber in deinen Augen. So sauber. Alles war so einfach, alles würde endlich so einfach sein. Aber jetzt tut es so weh. Ich bin so traurig.

Ich bin Jeanine, Arthur, nicht Scarlett.

Sie hob sehr behutsam mit einer Hand den Kopf ihres Liebsten, schob mit der anderen ein Kissen darunter; sie verließ das Bett der Melancholie, ging geräuschlos hinunter in die Küche, indem sie die knarrenden

Stufen vermied, in die Küche, die eines Tages gelb sein sollte.

Sie nahm die Schlüssel des *Ersatzwagens* vom Tisch und ging.

Die frische Luft zerkratzte sie.

Sie setzte sich ans Steuer des Honda Civic; dachte kurz an den Fahrprüfer, der ihr irgendwann zu verstehen gegeben hatte, dass sie besser am Straßenrand stehen sollte – damals hatte sie die Kränkung gar nicht verstanden; sie fuhr ruhig an; die Erinnerung an Arthurs Hand auf ihrer, als sie den ersten Gang einlegte, ließ sie erschauern.

Auf der schmalen D32 war kein Auto. Sie fuhr nicht nach Ailly-le-Haut-Clocher, sondern Richtung Long; das Dorfzentrum, PPs Werkstatt, der Campingplatz Le Grand-Pré.

Plötzlich überkam sie die Ruhe des großen Kummers.

Sie beschleunigte; jetzt hatte sie keine Angst mehr. Dritter, Vierter. Sie fuhr mit mehr als 90 km/h an Orten vorbei, die À la Potence oder Au Buquet hießen. Sie lachte. Es war, als würde der Wagen fliegen. Ihr Körper fühlte sich so leicht an. Sie war fast glücklich. Die ersten Häuser in der Ferne. Dahinter die Sümpfe, wo Arthur im Schweigen aufgewachsen war. Sie lächelte; stellte sich vor, wie er in den verbotenen Nächten an der Seite seines stummen Vaters die Öhrhaken für das Karpfenangeln mit Teigködern bestückte; die Nächte, in denen er ein Mann wurde, um eines Tages zu ihr zu kommen; all die jetzt verlorenen Nächte. Das Lenkrad zitterte unter ihren Händen. Der Tacho stand bei 115. Dort war die winzige Kapelle von Notre-Dame-de-Lourdes; sie würde an der Stelle auftauchen, wo die D32 und die stark abschüssige Rue de la Cavée ein Y bildeten. Sie waren am dritten Abend ihres gemeinsamen Lebens dort vorbeigegangen, ihr war kalt gewesen, er hatte sich noch nicht getraut, sie in die Arme zu nehmen, sie für immer zu wärmen; er hatte keine Männerworte gewagt, die drängen, die nehmen, ohne zu fragen, entführen.

An jenem Abend hätte sie ja gesagt. An jedem Abend und jedem Tag hätte sie ja gesagt.

Ja, Arthur.

Plötzlich war die kleine Kapelle da. Sie beschleunigte noch einmal. Der Wagen raste mit etwa 125 km/h in die enge blaue Tür der Kapelle, als wollte er sich hineinbohren. Ich sage ja zu dir, Arthur; ja; die Ziegelwände widerstanden dem Aufprall, das Auto stand still; Jeanines Körper wurde nach vorne geschleudert, der Airbag ging nicht auf, ihr schönes Gesicht schlug gegen die Windschutzscheibe, zerbrach sie, ging hindurch; die Glasspitzen zerfetzten die rosige Haut, rissen ein Auge heraus, ein Ohr ab, schnitten in die Erdbeerlippen, plötzlich war alles purpurrot und klebrig; ein entsetzliches Rot; die wunderbare Brust explodierte am Steuer, ihre Rippen wurden zerschmettert, zerkrümelt, nur ihr ersticktes, zusammengedrücktes Herz schlug leise weiter; die Beine wurden vom Motor zermalmt, der sich unter das Armaturenbrett schob, ein entsetzliches und unerträgliches Krachen von Knochen; plötzlich ein Gemälde von Francis Bacon, ein amarantfarbener Brei; der Schmerz war so unmenschlich, dass Jeanine Foucamprez ihn nicht spürte, oder sie hatte keine Worte für dieses Grauen; sie erbrach ihr Herz, sie erbrach ihre Seele.

Sie braucht lange Minuten zum Sterben, und als sie endlich in der Hässlichkeit erstickt, weint sie immer noch.

Ich bin Jeanine, Arthur, nicht Scarlett.

Arthur Dreyfuss erwachte glücklich. Seine Hand suchte Jeanines Körper, ihre Wärme. Das Laken war kalt.

Kein Geräusch im Haus. Noch kein Geräusch draußen.

Um diese Zeit war nur der Bäcker von Ailly-le-Haut-Clocher (4,5 Kilometer über die D32) geöffnet, und an Tagen mit starkem Wind wehte der Duft von Croissants, Milchbrötchen und Brioches mit braunem Zucker bis hierher, drang unter den Türen der Häuser herein und ließ die Schlafenden lächeln und sabbern.

Arthur Dreyfuss sprang auf. *Jeanine?* Er stellte sie sich zwei Etagen weiter unten in der Küche vor, die eines Tages gelb sein würde. Er lächelte. Sie kocht Kaffee. Den Maragogype aus Chiapas. Er will zu ihr gehen, sie in die Arme schließen, ihr danken, ihr sagen: Ich liebe dich, Jeanine, noch einmal mit ihr schlafen und mit ihr den fruchtigen Kaffee wie ein süßes Parfüm genießen. Er will sie fragen, ob sie Tiere liebt, er hätte nichts gegen einen kleinen Hund, zum Angeln, vielleicht ein Spaniel; er wird ihr das Angeln mit Boilies, mit Rute, mit Spinner beibringen; er wird das Erbe des Wilderers mit dem verschwundenen Körper mit ihr teilen. Er zieht sich an. Er geht hinunter. *Jeanine?* Er hält sich für den glücklichsten Mann der Welt. Er überlegt sich, dass sie seine Mutter im Krankenhaus besuchen werden, Elizabeth Taylor und er. Dass er dieses Mal die richtigen Worte finden wird. Mutter, auf sie habe ich Lust, mit Jeanine kann ich am Leben bleiben. Die Worte entdecken, die mir fehlen. Papa nicht länger festhalten, ihn wegfliegen lassen. Wir werden nie mehr von Scarlett sprechen. Er macht einen großen Schritt über die quietschenden Stufen. Sie werden auch die Bibliothekarin besuchen. Sie wird ihr sagen, dass »der Freund« die Liebe ist. Vor allem nicht rutschen, nicht fallen, sich den Kopf einschlagen. Nur in die Küche, zu ihr gehen, ohne sie zu erschrecken, sie an sich drücken. Kein Geräusch, kein Kaffeegeruch; nur die Stille, als er den Treppenabsatz im ersten Stock erreicht. *Jeanine?* Er geht hinunter, steigt über die achte Stufe, die wie eine Maus quiekt: sie bloß nicht wecken, wenn sie auf dem Sofa noch mal eingeschlafen ist. Aber sie ist nicht da. Sicher holt sie Brot, Croissants. Er lächelt. Sie ist schön. Sie fehlt ihm schon. Er fröstelt. Er holt den Kaffee, den Topf für das Wasser. Er wird ihr die Gedichte von Follain vorlesen.

Du siehst eine dünne Rauchfahne
Ein Blatt, das fortfliegt
Nur der Mensch ist gezwungen die Dauer zu spüren.

Er wird die Worte in sich wachsen lassen, und sie wird sie pflücken. Er weiß, dass die Worte ein Feld sind und dass die Ordnung, die ihnen der Wind gibt, die Welt verändern kann.

Der Kaffee ist fertig.

In der Küche ist die Luft etwas süßlich; weiblich. Er möchte sie jetzt bei sich haben. Die Zeit wird ihm lang ohne sie. Er möchte ihr gemeinsames Leben anfangen. Er möchte wieder zu der kleinen Kapelle Notre-Dame-de-Lourdes fahren. Diesmal wird er es wagen; die sanfte Gewalt. Da ist sie! Sie klopft an die Tür. Er springt auf, öffnet. Vor ihm, PP. Ein unkenntlicher, erbärmlicher PP mit blutunterlaufenen, glänzenden Augen; seine schwarzen Hände zittern, Tränen schießen hervor, zum wiederholten Mal, wie es scheint, unerschöpflich, seine trockenen Lippen sind verklebt, zugenäht, sie halten die Worte zurück, die den Dingen ein Ende setzen, die der Welt ein Ende setzen. Arthur Dreyfuss wird brüllen. PP zerdrückt ihn in seinen Armen, erstickt seinen Schmerz, nimmt ihn in sich auf.

Arthur

Es ist schön. Der Garten ist noch grün. Jeanine Foucamprez sitzt am Tisch, darauf ein Teller mit Obst, zwei Weingläser. Sie ist sehr blond. Sie trägt eine dunkelbraune Bluse, die sich herzförmig über dem Ansatz ihres sagenhaften Busens öffnet. Javier Bardem, sein T-Shirt voller Farbflecken, schenkt ihr Kaffee ein. Er verschüttet ein wenig, o je; sie lächelt, macht nichts, sie will keinen Zucker, nein, danke. Jeanine Foucamprez nimmt keinen Zucker in ihren Kaffee. Sie sind beide schön. Auf der anderen Seite des Tisches sieht Penélope Cruz sie mit schwarzem Blick, schwarzen Haaren, schwarzer Seele an. Sie raucht. Ihr linker Zeigefinger massiert ihre linke Schläfe; vielleicht raucht sie zu viel. Die Spannung zwischen den dreien ist greifbar. Auch das Verlangen; die Faszination. Dann schlägt Javier Bardem vor, ein Stück durch die Gegend zu fahren, und Penélope Cruz lehnt ab mit einem heftigen: Ganz bestimmt regnet es später. Sie spricht mit Javier Bardem spanisch, und Jeanine Foucamprez versteht es nicht. Sie fühlt sich ein wenig gedemütigt, sie ist verletzt, deshalb verlangt Bardem von Penélope Cruz, englisch zu sprechen. Du sprichst kein Spanisch?, fragt sie Jeanine Foucamprez. Nein, ich habe Chinesisch studiert, ich fand, das klingt irgendwie schön. Sag etwas auf Chinesisch. *Ni ha ma* (das ist auf jeden Fall das, was Arthur Dreyfuss hört; Chinesisch lässt sich schwer aufschreiben); und das klingt irgendwie schön, ja?, fragt die grausame Penélope Cruz. Jeanines Körper scheint plötzlich zusammenzusinken; sie möchte aufgeben, fliehen, weit weg sein, weit weg von dem Drama, von dem drohenden Gewitter. Aber Penélope Cruz steht als Erste auf, zündet eine neue Zigarette an, und Javier Bardem macht es ihr nach. Sie sind beide Maler. Eine physische, brutale Malerei; zwischen ihnen besteht eine ebenso unzerstörbare wie unmögliche Bindung, und Jeanine Foucamprez spürt, sie weiß, dass sie der Schwärze dieser beiden, ihren Gespenstern, ihrem Wunsch nach Toten, nach Sex, nach Erlösung und Verlust nicht widerstehen wird. Jetzt schnauzen sie sich an. Er hat alles von mir gestohlen!, schreit Penélope Cruz. Sie erzählt immer gern solche Geschichten, verteidigt sich Javier Bardem, ich sage ja nicht, dass du keinen Einfluss hattest, und der Ton wird hitziger. Sie hätten sich eines Tages umbringen können, ein Stuhl, ein Rasiermesser. Das war Eifersucht, schimpft die Spanierin, du hast mich mit Agostinos Frau betrogen, mit Blicken, und Javier Bardem schreit, und Jeanine Foucamprez, zwischen beiden verloren, wirkt plötzlich so zerbrechlich, und Arthur Dreyfuss hat Tränen in den Augen, er möchte in diesem Garten auftauchen, ihnen sagen, sie sollen die Klappe halten, *¡callaos, callaos!*, Jeanine in die Arme nehmen und an sich drücken, bis ihre Herzen im gleichen Rhythmus schlagen, wie vorher; wie vorher.

Aber in *Vicky Cristina Barcelona* kann man im Gegensatz zu *The Purple Rose of Cairo* weder rein noch raus, also drückt er auf »Pause«.

Und das Dunkel der Einsamkeit verschlingt ihn.

Nach der Polizei hatte man PP gerufen, wegen des Aufklebers *Station Payen, Ersatzfahrzeug* auf der Heckscheibe des zerquetschten Honda und weil die Feuerwehrleute im Auto keinen Hinweis auf die Identität der Toten gefunden hatten.

Einer von ihnen fand, dass sie schöne Haare hatte, und weinte dabei.

Dann wurde der Verkehr auf der kleinen Landstraße bis zur Höhe von La Potence gesperrt. Dann kamen die Leute, mit schweren Schritten, wie zu einer Messe. Es kamen Christiane Planchard, die Shampooneuse und die Haarfärberin, untergehakt, blass, Bürgermeister Népile, Mademoiselle Thiriard (mit einer merkwürdigen grellroten, fast fluoreszierenden Mütze nach Jakobiner-Art, die den massakrierten Pony verdeckte), Madame Rigodin, die Lokaljournalistin (ungeschminkt, erschreckend, merkwürdigerweise menschlicher), Éloïse von Dédé la Frite und der stämmige Fernfahrer, der, nach der frischen Tätowierung am Handgelenk der Serviererin zu urteilen, wahrscheinlich Philippe hieß; es kamen auch Valérie, die frühere Schauspielanwärterin (auf deren Wangen die noch warmen Abdrücke des Kopfkissens zu sehen waren), und Julie, großer Fan des Brausekopfs mit fünf Düsen und PPs dritte Ehefrau; Madame Lelièvremont in ihrem fleischfarbenen Négligé, dessen Ausschnitt manchmal den traurigen Busen sehen ließ, Pantoffeln an den Füßen, ein Tuch über die Lockenwickler gebunden, plötzlich eine Hundertjährige; es kam das belgische Paar, im Sonntagsstaat für das Foto mit der amerikanischen Schauspielerin, von dem es träumte, das Paar, das niemand sah und niemand hörte und das überhaupt nichts verstand, das Fotos vom Chaos, dem Schmerz, den Tränen der anderen machte, das fragte, ob es wirklich sie sei, die berühmte Scarlett Johansson, die amerikanische Schauspielerin, ob das eine Szene aus dem Film, ein Stunt, ein Unfall, Trickaufnahmen seien, es sei so unheimlich realistisch, und wo denn die Kamera sei und wer denn dieser junge Schauspieler sei, der weinte, der brüllte, und den man daran hinderte, sich dem zerschmetterten Wagen zu nähern, in das Blut einzutauchen, das sich auf der Erde mit dem Öl zu einem Schattenspiegel mischte, dieses Kind, das sterben, sterben, sterben wollte, gefangen in den riesigen, dreckstarrenden Klauen des Autoschlossers, der eine verblüffende Ähnlichkeit mit Gene Hackman hatte; der Pfarrer war da, Tonnelier, der Fleischer mit Partyservice, der Kaffee und Häppchen mitgebracht hatte: Teigbällchen mit Thunfisch, Käsestangen mit Emmentaler, Saubohnentörtchen, kleine Stäbchen mit Oliven und Petersilienpesto (Köstlichkeiten aus einer Bestellung für eine Hochzeit im Schloss, später am Tag, aber das ist uns egal, hatte der kulinarische Künstler hinausposaunt, ist uns egal, das Unglück braucht was zu futtern, das Unglück, nicht das Glück!); und am späten Vormittag waren die Bibliothekarin-Tante und der Postbeamte angekommen, sie hatten verquollene Augen, waren von Traurigkeit entstellt, und es gab Schreie, Tränen, Kummer und unsägliche Angst.

Das Starlet am Steuer des Autos
überschlug sich in einer Kurve
voller Himmel,
neben dem heulenden Motor
stirbt mit ihr eine Kröte.

Später, nach *Vicky Cristina Barcelona*, wird er ihre Filme der Reihe nach anschauen. Er wird sie aufwachsen sehen. Er wird sie älter werden sehen. Die Filme werden ihr Fotoalbum sein.

Er wird sie nicht mehr verlassen.

Nach dem Film des New Yorker Klarinettisten wird *The Spirit* von Frank Miller (2008) folgen, in dem Jeanine Foucamprez Silken Floss spielt, Femme fatale, Sekretärin und Komplizin von Octopus. Dann, wenn er ihn zehnmal, hundertmal gesehen hat, wenn er sie satthat, kommt *Er steht einfach nicht auf Dich* von Ken Kwapis (2009) an die Reihe, wo Jeanine Foucamprez Anna, die hübsche Blondine (wie immer) spielt, mit der Bradley Cooper flirtet.

Dann wird er sie in dem Alter wiederfinden, in dem sie eines Abends bei ihm geklingelt hat, als er Unterhemd und Schlumpf-Boxershorts trug, mit feuerrotem Haar und mattschwarzem eng anliegendem Overall, als Natasha Romanoff, alias Schwarze Witwe, in *Iron Man 2*, Regie: Jon Faveau.

Und beim Warten auf *Wir kaufen einen Zoo* von Cameron Crowe, wo Jeanine Foucamprez an der Seite von Matt Damon spielt, oder *Marvel's The Avengers* von Joss Whedon, in dem sie wieder in die Rolle der Schwarzen Witwe schlüpft, und schließlich *Hitchcock* von Sacha Gervasi, wo Jeanine Janet Leigh spielen würde, hört Arthur Dreyfuss nonstop ihre Platten: *Anywhere I Lay My Head* (nach den Liedern von Tom Waits) oder *Break Up*, auf der sie mit Peter Yorn singt.

Zwischendurch weint er immer noch.

Er hat sein Haus zum Verkauf ausgeschrieben, und obwohl sich der junge Typ von der Immobilienfirma nicht sehr optimistisch gezeigt hat, die Krise, wissen Sie, das wird alles explodieren, die Blase, die Spekulation, die Leute sind ruiniert, außerdem ist Ihr Haus so klein, ich kann mir keine noch so kleine Familie darin vorstellen, höchstens vielleicht eine Zwergenfamilie, haha … Oh, Verzeihung, tut mir leid, das ist nicht komisch; noch weniger ein junges Paar, nach dem, was hier passiert ist, hmm, also, das wollte ich nicht sagen, aber; aber Arthur Dreyfuss besteht darauf: Der Verkaufspreis ist mir egal, ich will nur Geld, ich muss weg, verstehen Sie. Ich verstehe, ich tue mein Bestes, Monsieur, aber einfach wird es nicht.

Ein paar Monate später, als das Haus endlich verkauft worden war (zu einem Drittel seines Wertes, aber egal), fuhr Arthur Dreyfuss zum letzten Mal in das Krankenhaus von Abbeville.

Lecardonnel, Thérèse, ist kurz nach Ihrem letzten Besuch infolge einer generalisierten Epilepsie ins Koma gefallen, erklärte der Arzt. Ein Koma 3. Grades, sie reagiert nicht mehr auf schmerzhafte Reize und ihr Elektroenzephalogramm zeigt diffuse Deltawellen ohne jegliche Reaktion auf äußere Reize. Fast schon ein Koma 4. Grades. Was ist ein Koma 4. Grades?, fragte Arthur Dreyfuss. Das Ende, junger Mann, das ist das Ende. Ihre Mutter ist da, aber sie ist nicht mehr da.

Ihre Augenlider schienen aus Staub zu bestehen. Ihr zerfetzter Arm war letztendlich wegen einer nosokomialen Infektion amputiert worden, und Arthur Dreyfuss überlegte, dass sie ihn jetzt nie mehr in ihre Arme schließen könnte, ebenso wenig wie die kleine *Schönheit Gottes*, wenn sie eines Tages endlich wieder vereint sein würden.

Der Arzt entfernt sich: Drücken Sie hier, wenn Sie etwas brauchen, ich bleibe in der Nähe, und Arthur Dreyfuss zuckt mit den Schultern; ja, ich brauche etwas, ich brauche sie; ich brauche dich, Mutter, ich brauche Vater, Noiya, Jeanine. Er lächelt traurig, als er ihren Namen ausspricht. Er hatte ihn nie mehr ausgesprochen. Jeanine. Das war Elizabeth Taylor, Mutter, du mochtest sie, weil sie schön war. Weil sie dich für einen Moment die Hunde vergessen ließ. Er nimmt ihre einzige, eisige Hand in seine. Die Kälte lässt ihn schaudern. Mit ihr hattest du keine Angst mehr. Du hast gelächelt. Er setzt sich. Er betrachtet den leeren Körper, der ihn ausgetragen und geboren hat. Er kann sich nicht vorstellen, dass aus so einem zarten Körper ein Mann hervorgegangen ist. Aus so einem Schatten. Denn sie ist ein Schatten und er von nun an ein Mann. Er weiß es. Es gibt Momente der Gewalt, und es gibt Momente der Gnade, die den Gang der Dinge umstoßen, die alt werden lassen. Die sechs Tage Leben mit Jeanine Foucamprez haben ihn so durcheinandergewirbelt wie ein Krieg; einer von denen, die ein böses Ende nehmen. Die die Überlebenden verwandeln. Sie in den Wahnsinn kippen lassen. Oder in die unermessliche menschliche Zärtlichkeit. Sie ist weg, Mutter. Weit weg. Sie ist nach Amerika gefahren. Er sagte ihr, dass Jeanine davon träumte, Schauspielerin zu werden. Dass sie für ihn die berühmte Szene eines Films mit Brigitte Bardot nachgespielt hatte. Nun weint er nicht mehr. Brigitte Bardot und Michel Piccoli. Er erzählt die anzüglichen Dialoge. Er lächelt. Aber die Melancholie ist nie sehr fern. Er spricht neue Wörter aus, neue Wortzusammenstellungen, die er seiner Mutter zu Füßen legt; ein Mantel von Wörtern, den er ablegt. Man wollte ihr Fleisch nehmen / Sie wollte ihr Herz geben. Sie wachsen, die Blumen, die Jeanine pflücken sollte. Ich mochte ihre *Wahrheit* / zerbrechliche Zerbrechlichkeit / In der Tiefe / unserer selbst. Die Farbe ihrer Seele. Wenn ich daran denke / die Lüge / vor sich selbst / entliebt. Sie wollte, dass ich sie durch sie hindurch sehe, Mutter. Sie hat mir ihr Herz gezeigt. Es war wunderbar und traurig. Ich finde, dass die Traurigkeit auch etwas Schönes hat. Arthur lässt den Worten freien Lauf, sie sind ein sanfter Fluss, der die Abwesenheit, den Kummer und die Kindheit trägt. Er hört ihnen zu; er versteht, dass man niemals für sich geliebt wird, sondern für das, was man beim anderen erfüllt. Man ist das, was den anderen fehlt. Jeanine war nach den Fotos von ihrer Mutter verlassen worden, Arthur war von seinem Vater verlassen worden, ohne Grund, an einem Morgen der Wilderei. Er weiß, dass man daran sterben kann, ohne Erklärung bestraft zu werden, wenn man sich nicht mal einen Fehler zu vergeben hat. Man ist verloren. Als seine Mutter entschied unterzugehen, hatte auch sie ihn verlassen. Er sieht sie an. Er findet ihr Lächeln starr, erschütternd und hässlich. Er erinnert sich an ihre Küsse, zu Noiyas Zeiten. Danach nichts mehr. Dieser Mund hat nie mehr geküsst. Nur gebissen. Seiner Hand gelingt es nicht, die seiner Mutter zu wärmen. Vielleicht ist sie schon tot; auch wenn die Maschine kleine Geräusche macht. Die Maschinen wissen nicht alles. Manchmal schwindeln sie. Ich liebte ihre Schönheit/auch ohne ihren Körper. Sie fehlt mir, Mutter. Sie war der einzige lebende Mensch, der mir noch geblieben ist. Wir waren dabei, uns gegenseitig zu retten. Er wiederholt, dass sie weit weg ist. Dass sie jetzt in Amerika ist. Weil es hier für Schauspielerinnen schwierig ist. Auch wenn du mittelmäßig bist. Auch wenn du überwältigend bist. Wenn du einen Körper hast, der eines Malers würdig ist. Wie dieser Botticelli, der dir auf der Briefmarke gefallen hatte. Auch wenn du das größte Begehren der Männer weckst; aller Männer. Und während die Kälte seine eigene Hand klamm macht, kündigt er ihr an, dass er weggeht, dass er das Haus verkauft hat. Dass er vergangene Woche seine Arbeit bei PP aufgegeben hat, weil er Montag wegfährt. Diesen Montag. Er muss in Paris Charles de Gaulle ein Flugzeug nehmen. Es wird schon gehen. Er ist nicht ganz sicher. Man hat ihm gesagt, dass es Tabletten gegen die Angst vor dem Absturz gibt, die Angst, keine Flügel zu haben, die Angst vor der Unendlichkeit. Er steigt zum ersten Mal in ein Flugzeug. Er hat um einen Fensterplatz gebeten. So wird er sie im Vogelbeerbaum sehen, Noiya und ihren Vater. Wir werden uns winken. Wir werden uns Küsse zuwerfen. Und wir werden wieder eine Familie sein. Er fragt sich, ob die Seele seiner Mutter schon beim Baum angelangt ist. Er denkt ja. Er denkt, dass man immer dorthin zurückkehrt, wo man gesündigt hat. Er lässt die eisige Hand vorsichtig los. Es ist ein erster Abschied. Er lächelt. Ich weiß, dass Amerika groß ist, riesig; vierzehnmal so groß wie Frankreich, habe ich gelesen. Aber ich werde sie finden.

Er nimmt an, dass sie in New York ist oder in Los Angeles. Wenn man ruhig in Catoosa (Oklahoma) wartet, kann man keine Karriere machen. Im Internet hat er die Anschrift ihres Agenten entdeckt, er heißt Scott Lambert. Sogar seine Telefonnummer hat er: 310-859-4000. Ich werde sie finden, weil ich sie liebe, Mutter. Mit ihr will er jetzt am Leben bleiben. Ein kleines Mädchen haben und irgendeinen Spaniel, angeln und dann wieder zur Schule gehen oder einen anderen Traum zu zweit wahr machen. Zu dritt; mit dem kleinen Mädchen. Ohne sie fühlt er sich nicht gut. Seit sie in Amerika ist, hat er wieder diese Bauchschmerzen; weißt du, wie als Vater uns verlassen hat; ich habe Pickel, die sich infizieren, es geht mir im Moment nicht gut. Ich schlafe auch nicht sehr gut. Er denkt an das Böse, das man manchmal unbeabsichtigt anrichtet. Er weiß jetzt, dass man jemanden damit töten kann, dass man ihn liebt. Das ist furchterregend. Seine ersten Worte als Mörder. Ein Satz von Follain taucht auf.

In heimtückischen Momenten verlieren Dörfer,
Bäche, Hügel ihren Sinn
Der Vogel, das Blatt zittern ob ihres Daseins

Er hat schon lange vermutet, dass Follain von Schrecken und Verlust sprach. Dass er von ihm sprach; von seinem ganzen Leben, im Gleichgewicht. Ich weiß schon, dass sie nicht Jeanine ist, Mutter. Er wird es ihr erklären, wenn er sie wiedergefunden hat. Er wird ihr alles erklären, und sie wird verstehen; das ist sicher. Er hat englische Sätze auswendig gelernt. Ich bin Autoschlosser, haben Sie Arbeit für mich? *I'm a mechanician, do you have a job for me?* Und diesen: *You ressemble someone I prodigiously, prodigiously loved.* Sie ähneln jemandem, den ich gewaltig geliebt habe. Gewaltig. Er liebt dieses Wort. Es gibt kein stärkeres. Ich möchte diesen Ort der Liebe wiederfinden. Er wird es ihr erklären. Er wird ihr alles erzählen. Ihre Begegnung, ihre Geschichte, der Einkauf im Écomarché, der Kaffee, der mit Toilettenpapier gefiltert wurde. Ich erzähle ihr von unserem ersten Lachanfall wegen eines Porno-Films – übrigens das einzige Mal, wo er sie beschwindelt hat, als er behauptete, die DVD gehöre ihm nicht. Ich erzähle ihr vom *Baron auf den Bäumen*, von *Sommer '42*, wie ich sie zum Friseur gebracht habe, um ihre Gespenster zu verjagen, wie sie für dich Elizabeth Taylor und für mich Cyrano de Bergerac war, wie sie mir beigebracht hat, zu dir zu sagen: Ich hab dich lieb, auch wenn es schwer fällt, auch wenn die Tränen manchmal die Wörter schmelzen lassen, ganze Silben auflösen; ich werde ihr erzählen, wie glücklich sie mit mir und ich mit ihr war, wie wir im gleichen Moment das Gleiche gemocht haben, und wie wir geflogen sind, als wir miteinander geschlafen haben; wir sind geflogen wie Vögel, Mutter; und sie wird verstehen. Und du, bist du mit Vater geflogen? Ja; sie wird verstehen. Er sagt es ihr sogar auf Englisch. *She will understand*. Und alles wird ins Lot kommen. Sonst sterbe ich, Mutter, ich sterbe. So kann man nicht leben. Sie hat ihre Tochter verloren. Sie verliert ihren Sohn. Ich weiß schon, dass sie vielleicht nicht wollen wird, dass ich sie Jeanine nenne, aber das macht nichts. Wenn es ihr lieber ist, werde ich sie Scarlett nennen. Sie hat sie beide verloren. Es ist vorbei. Die Maschine macht kein Geräusch mehr. Ja. Ich werde sie Scarlett nennen, wenn es ihr lieber ist.

Scarlett

Scarlett Johansson saß hinten.

Sie sprach am Telefon mit Scott Lambert, ihrem Agenten, über das mögliche Angebot der Rolle von Marilyn Monroe in der Filmbiographie, die der Franzose Christophe Ruggia über Yves Montand drehen wollte.

Der Wagen stand schon ein paar Minuten am Crown Car Wash, am West Pico Boulevard (Hollywood).

Der Chauffeur tankte.

Plötzlich wurde ihr Blick von einem kleinen Mädchen mit karamellfarbener Haut und goldenen Haaren, gelockt wie Spiralen, angezogen. Es hüpfte vor Freude in den Pfützen herum. Die Kleine lachte über einen jungen Mann, der klitschnass auf einem Kinderfahrrad zwischen den Riesenbürsten hervorkam.

Ein Mann mit sehr schönen Augen, er sah so ähnlich aus wie Ryan Gosling. *Nur besser.*

Da stieg sie aus dem Wagen, und der Autoschlosser erblickte sie. Er starrte sie lange an und lächelte sehr sanft.

Dann wandte er den Kopf ab, wandte sich gänzlich von ihr ab, ließ den perfekten Körper dort zurück, ehe er sich entfernte, hinter den Bürsten verschwand, wie von einer Welle verschlungen.

Dank

Unendlicher an Karina Hocine und Claire Silve. Ihr seid meine Flügel und der günstige Wind.

An Emmanuelle Allibert und Laurence Barrère, die es verstehen, die Herzen zu berühren, um die Augen zu öffnen.

An Eva Bredin, die die sehr schöne Gabe besitzt, Worte durch die Welt reisen zu lassen.

An Olivia, Lydie und Véronique, meine Feen.

An die Journalisten und Buchhändler, die *Alle meine Wünsche* auf einen Sternenweg geschickt haben.

An Philippe Dorey, das phantastische Team der Rue Jacob 17, an alle Vertreter.

An alle Leserinnen und Leser, die mich seit langem ermutigen und selbst Verfasser von wunderbaren Briefen sind; kleine Sonnen an grauen Tagen, Rettungsanker an stürmischen Tagen.

An Dana schließlich, die Person, die ich im letzten Augenblick ansehen werde.

Die Gedichte von Jean Follain sind in folgenden Ausgaben erschienen:
»L'Atlas«, »Les Enfants« und »Absence« auf S. 22 und 183: *Territoires*, Gallimard 1953
»La Bête«, »Aux choses lentes«, »L'Amitié«, »Larmes« und »Les Journaliers« auf S. 31, 40, 95, 103, 117 und 126: *Exister*, Gallimard 1947
»Apparences« auf S. 101: *Des heures*, Gallimard 1960
»Quincaillerie« und »Paysage de la jeune ›star‹ mourante« auf S. 169 und 191: *Usage du temps*, Gallimard 1943
Das Zitat auf Seite 164 stammt aus *Chef-lieu*, Gallimard 1950, und das Zitat auf Seite 198 aus *Tout instant*, Gallimard 1957.